JN044913

山芋シンデレラ

風の時代に自分を輝かせる極意

月野さやか

地湧社

ゴシゴシゴシ・・・

今日も私は山芋を洗う
痒みに耐えて、山芋を洗う

ゴシゴシゴシ・・・
ゴシゴシゴシ・・・・・
ゴシゴシゴシ・・・・・・・・・

窓から外を見れば、幸せが煌めく世界・・・

・・・はぁ・・・
私はいったい、何やってんだか・・・

はぁ…

目次

第3章 ていうか、お金ってなに？

第4章 山芋シンデレラの物語

エピローグ 風の時代に自分を輝かせる

プロローグ

普通に幸せになりたいだけだった。

普通に高校に行って、普通に就職して、普通に大好きな人に出会って、普通に結婚して子どもを2人くらい産んで・・・。
「玉の輿に乗りたい!!」的な多くのことは望んでなかったはずだ。

だけど、うまくいかないことばかり。

小さい頃から母親とはソリが合わなかった。父親はしょうもない人間を絵に描いたような人で、ギャンブルとお酒で借金まみれ。物心ついて以来、我が家は催促の電話が鳴り止まない家だった。

10代でアイドルを夢見て、静岡の田舎町から上京、某有名歌手のバックダンサーになれたものの、結局それだけでは生活できず、夢破れてすごすごUターン。ひょんなことから、今度はご当地アイドルになった。しかし、恋愛禁止ルールに引っかかってあえなくクビ、そこからはアルバイト先を転々とする日が続いた。

いったい私は何のために生まれてきたんだろう・・・？ 何度、つぶやいたことか。

しかし！ そんな私にも、20代になって憧れていた結婚チャンスが

訪れた。

これで人生大逆転！

と舞い上がったのもつかの間、あっさり婚約者に裏切られた。

私は不幸になるために生まれてきたのか・・・？

あてもなく放り出されて行き着いた先は、愚痴や噂話に花を咲かせるおばちゃんたちに囲まれた山芋屋のアルバイト。

普通に幸せになりたくて、自分なりに考えて、一生懸命努力してきたはずなのに・・・。

うまくいかない、**うまくいかない、うまくいかない！**

それでも、まだあきらめてはいなかった。いつか誰かが、白馬に乗った王子さまのようにサッと現れて、シンデレラの物語のように、一夜にして私の人生を変えてくれるかもしれないし・・・。そう自分に言い聞かせて、山芋屋の窓から煌（きら）めくオフィス街を眺めていた。

でも・・・。

そんな私の前に現れたのは、白馬に乗った王子さまではなく、小太りの丸メガネおじさんだった・・・。

「君は証券会社で働くべきだ」

「は？」

「人生を変えるなら今だよ」

「え？？？」

その言葉から、ほんとうに私の人生は変わっていった。

「為替」という字も読めなかった私が、3年後にはその会社の新人3000人中トップ5に入っていたのだ・・・。

これは、けっしてキラキラした女子の成功物語じゃない。

シンデレラにかけられた魔法もない。

だけど、そのなかで私は、たくさんのものをもらった。

お金との付き合い方、というものも少しずつ学んでいった。

しかし、何よりも私の宝物になったのは「自分を輝かせる極意」を学んだことだ。

その宝物は、その後の私の人生をさらに大きく変えることになった。

自分が生まれてきた意味も、今ならわかる。

あなたが、もし「自分を変えたい」「人生を変えたい」「とにかく幸せになりたい」と思っているなら、ぜひ私のこの物語を読んでほしい。

第1章

妖怪山芋洗いと私

ヨソハヨソ、ウチハウチ。

「私はかわいそうな子」

物心ついてから、ずっとそう思っていた。

静岡の田舎町の両親のもとに生まれて、私と弟の4人家族。一見、どこにでもいる普通の家族だが、どうもよその家とは違った。

小学1年生の頃から鍵っ子。いつも弟と2人、お腹空かして帰りの遅い両親を待っていた。父はサラリーマンで、母は美容師。普通に考えれば、共働きなんだからそこそこ経済的に恵まれていてもよかったはずだ。しかし、お金にはいつも困っていた。

その原因はと言えばただ一つ、父親のギャンブル癖でどんどん増えていく借金だった。

我が家はいつも電話が鳴っていた。その電話には「出なくていい」と言われていた。電話は鳴り止まない。本当にずっと鳴っている。両親は電話を毛布で包んだりしていた。なぜそんなことをするのか、すごく不思議だったけど、でも聞いてはいけない雰囲気だった。

ある時、たまりかねた母が電話線を引き抜いた。電話は鳴らなく

なったが、ホッとしたのもつかの間、代わりに黒いスーツ姿の男性2人くらいが家のインターホンを押して「お父さんはどこにいるの？」と聞いてくるようになった。ドラマのように乱暴にではなく、いたって紳士的なのが逆に怖かった。

同じ人か不明だが、学校の校門で男の人から似たような質問をされたこともある。弟にも同じことがあったようで、それ以来、弟は怖がって人とあまり話さなくなってしまった。それを知った母が電話線を元通りつなぎ、再び我が家はけたたましい音に包まれる家に戻った。

当然、家族そろって日曜日にどこかへ遊びに行くことは、ほとんどなかった。学年が上がるにつれ、休日に家族で遊園地に行ったとかいう話をクラスの子がしているのを聞いていると、なぜ家族で出かけることができるのか不思議で、別次元の世界なんだと感じていた。

寂しさも、憧れも、なぜか口にしてはいけない雰囲気が我が家にはあった。そう、我が家は絶対的に「お金がかかることは口にしてはいけない」家だったのだ。

ヨソハヨソ、ウチハウチ。

「鬼は外、福は内」みたいなその言葉を聞いて育ち、うちはしょうがないんだ、と思うしかなかった。

でも、本音を言えば・・・。私だって、休日には家族で遊園地に

行きたい、夏休みにはキャンプとかしてみたい、そんなこともさせてくれない親を恨んだ。

成長するにつれて、私はだんだん屈折し始めて、親との関係も悪くなっていった。

今でもまだ鮮明に覚えているのは、小学3年生の時のこと。
それまでは、貧しいながらもクリスマスプレゼントだけは、欲しいものを買ってくれていた。誕生日が1月1日なので、母は「お誕生日プレゼントと一緒なんだよ」と言いながら、多少奮発してくれたものだった。いつもクリスマスの朝にベランダに置いてくれていたプレゼント。私はその日が楽しみで、楽しみで、仕方なかった。
確かその年は、シルバニアファミリーのセットをお願いしたはずだったけど、朝ワクワクしてベランダに出てみると、そこにあったのはなぜか・・・安そうな絵の具のセットだった。

悲しくて、悲しくて、号泣して、母に訴えたものの、返ってきた言葉は、「あなたはお姉ちゃんなんだから、我慢しなさい」の一言。以来何かあるたびにその言葉を言われて、母とのケンカが増えていった。

父に至ってはそれをなだめるどころか、私が欲しいものを買うために頑張って貯金していた500円貯金箱をひっくり返して、そこからペンチでお金を抜き取るありさま。
そんな我慢やら怒りやらで屈折しきった子どもだったから、正直

友だちもあまりいなかった。

それでもスポーツは好きで、中学生になってソフトボール部に入った。
ある時遠征に向かうマイクロバスで、チームメイトと長い時間話すことがあった。

「さやかの親って、なんでいつも試合見にこんの？」
「いつもおらんよね？」
「遠征の車も出さんよね？」

私は窮地に立たされた。これはまずい・・・。
親との仲が悪いこと。参観日だって最初の数分で帰ってしまうぐらいで、とても試合を見にくるような親ではないこと。車はめっちゃボロボロの、母の兄から譲ってもらった軽自動車で、みんなを乗せられないこと。なんて話そう・・・。

「親は・・私のこと嫌いなんじゃないかな・・お弁当も毎回コンビニだし、お金渡されるだけだし、そもそもお母さんは朝起きないし、お父さんもあんまり見かけないから・・・」

とっさに出た言葉だったけど、すると、どうしたことだろうか。

「そ、そうなんだ・・・」
「なんか聞いてごめんね・・・」

「わ、私にできることがあったら言ってね・・・」

明らかに周りの反応が、今までと変わったのだ。みんなが急に優しくなった。これまで無視されることが多かったのに、途端に気にかけてくれるようになったのだ。
そう、私はこの時、必殺奥義「カワイソウナサヤカチャン」を手に入れたのだ！！

嘘ではないため、胸を張って「かわいそうな主張」ができた。そうすると周りは私に優しくしてくれた。そうして私は味をしめた。

こうすれば、「お友だち」ができるんだ！！
ハッキリと曲がった道を、胸を張って堂々と歩き始めた。

妖怪山芋洗いと私

「ごめん。さやかとは結婚できない」

「はぁ !?　ちょっと待って !!　何 !?　どういうこと !?　どういうこと !?」

「彼女のことが好きなんだ。・・・じゃあ」

「いや、『じゃあ』じゃねぇよ !!　ちょっと待てよ !!　おい !!　おいぃぃぃぃぃ !!」

・・・高校生になった頃には、親との仲はますます悪くなっていた。家を出る方法として思いついたのが「彼氏を作って同棲すること」だった。両親はとうとう離婚して、いよいよ私は家庭というものに見切りをつけ、家出を実行した。

なんとか高校を卒業し、その後はアイドルを夢見て上京。実際、誰もが知っている某有名歌手のバックダンサーに合格はしたのだ。けれど、それだけで食べていくのは無理だった。

結局うまくいかず、静岡に戻ってきて、ひょんなことからご当地アイドルになった。よし !　今度こそは !　と気合いを入れ直したも

のの、ありがちな恋愛禁止ルールが存在し、彼氏がいたのがあっさりバレて、あえなくクビになった。そこからは、あてもなくアルバイト先を転々、転々・・・。

いったい私は何のために生まれてきたんだろう・・・？
生きていても楽しいことも何もない。
今死んでも一緒じゃないか。
どうせ私が死んでも、親も誰も悲しんでくれやしない。

屈折した心が相まって、ドンドン、ドンドン、見るもの、映るものすべてが敵に見えていた。アルバイト先でも人間関係がうまくいかず、あっちに行ってはこっちに行ってを繰り返し、時間だけがなんとなく過ぎていった。

しかし20代になり、当時付き合っていた彼と結婚の約束ができた。「これで私の人生もようやくハッピーエンド!! 見とけ母親!! お前よりも絶対に幸せな家庭を作ってやるぜ!!」と意気込んでみたものの・・・。

まさかの結婚直前になって、相手の浮気が発覚・・・。

「おいぃぃぃぃ!! おいぃぃぃぃぃぃぃぃぃぃ!!」

断末魔のような私の叫び声が、静岡県が誇る霊峰富士の山頂まで届いた・・・かどうかは、わからないけど。

そうして20代半ばになった私の周りを見渡してみると、中学や高校の同級生はすでに結婚し、子宝に恵まれ、家まで購入している子もいた。幸せそうな生活を送り、男の子たちはどんどん出世をしていき・・・。

そんななか、私はといえば・・・。

「あんた！ 山芋洗うの遅いわね!!」
「若いと思って、かわい子ぶってるんじゃないわよ!!」
「恥じらいを捨てて！ こうっ！ こうっ!!（ガシガシガシガシ）」

・・・信じていた彼に婚約破棄をされ、両親とも断絶状態、あてもなく放り出された先で、結局放心状態のまま目についた山芋屋「とろろや」でアルバイトを始めた。地元名産の自然薯や大和芋を使ったとろろ汁などを出す店だ。パートのおばちゃんたち、名付けて「妖怪山芋洗い」たちの愚痴や噂話にまみれながら、手の痒みに耐えて山芋をひたすら洗っている。

これではまるで、不幸のセレクトショップの店長ではないか・・・。

山芋洗い世界最速記録の女

時給800円の最低賃金で、働いても、働いても、ろくに貯金もできず、汗水流して働いたところで、ときめく出会いもない。

このままここにいても、私の人生は何も変わらない。

「なんとか変わらなきゃ」、毎日そう思っていた。

しかし、そうは言っても、「変わりたい⇒はい、そうですか」と魔法のように変われることなんて、この世の中にはない。私だけじゃない。きっとみんなそうなんだ。いや、そうであってほしい!!

そんなことをつぶやきながら、時間だけが経っていった。
変わりたいと思っていた私は・・・。

この数年でなんと・・・。

名札の「新人」の文字が、「サブリーダー」に変わっていただけだった(泣)。

もう一つ変わったことはと言えば、山芋を洗う速度が、どの妖怪よりも早くなってしまったことぐらいだろうか・・・。

このままいけば、山芋洗い世界最速記録を出してしまえそうだ。
山芋の痒みに耐える選手権では、おそらく優勝候補だろう。

「あんた早くなったねぇ！」

そんなことを言われても、うれしくもなんともない。

しかも「サブリーダー」の「サブ」というのが、
また中途半端である・・・（泣）

これまでも、「私・・・生まれ変わりたい‼」そう思って何度行動してきただろう。
抜け出したいけど、どこに向けてどう抜け出していいのか、まったくわからず・・・。
目の前のことを必死に頑張っても、結局うまくいかないことばかり。

ただ、山芋の痒みに強くなるばかりの自分に、どういった感情を持てばいいのか。
どうせ人生なんて変わらないんだ。どれだけやったところで、幸せになれる人は最初から家庭環境や条件で決まっているんだ。
私の心はもう、完全にすねて冷え切ってしまっていた。

奇しくも季節は冬。山芋を洗う手も冷え切り、もうここで私の人生終えてもいい・・・。このまま妖怪山芋洗いたちに取り込まれて、私もここに根を張り、巣を作り・・・。

・・・って、
いいわけないっ！！

いつか、若くてイケメンで、セーラームーンのタキシード仮面のような、心優しくて素敵な店長が来る可能性も、1％ぐらいあるかもしれないじゃないか！！（この店の店長はコロコロ変わるのだ）

そんな妄想をしながら、山芋を洗ってゴリゴリ擦って、とろろ汁を作り続ける人生。

ここはオフィス街、店の窓から外を見ると、ビシッとスーツを着た仕事のできそうなイケメン男性や、おそらく高学歴で家庭環境も良いのであろう、キラキラした女子たちがランチタイムやアフター5を楽しそうに過ごしている姿ばかりが目に映る。

距離で言えば、ほんの数十メートル先なのに、ここにいる私と、あそこにいるあの人たちの間には、越えられない壁がある。
でも、でも、でも・・・、私だって、本当は・・・。

「月野さん、手、止まってますよ」

週2日のパートのくせにアライグマのような猛スピードと職人のようなたくましい手で山芋を洗う、ライバル妖怪山芋ラスカルだ。あおられて、ただ毎日目の前の山芋をゴシゴシ洗い、ゴリゴリ擦り続けていた。

いつかスティーブ・ジョブズが
私をスカウトに来る

「いらっしゃいませ〜!!」
今日も代わり映えのない、お昼時のラッシュが始まった。

「月野さーん! ○番テーブルオーダー行ってー!」
「はーい!」

お昼のラッシュ時。いつもこの時間帯はにぎわうが、もはや山芋
屋の番人と化している私にはお手のもの。鬼でも何でもかかって
こいである。

「お待たせしましたー!!」
「混んでるのにいつも早いね〜!!」
「ありがとうございます〜!!」
「月野さーん!レジ行ってー!」
「はーい!!」
広い店内を走り回りながらレジに行く。

・・・しししし、仕事はできるんだ、私は!! 私には仕事しかない!!
仕事仕事仕事〜〜〜!!!! バイトだろうと仕事は仕事だ!! 私はこ
のホールを任されているんだ!! と自分に言い聞かす。

カタカタカタカタ!! 見よ! この超高速のレジさばきを!! この目にもとまらぬ指さばきを見たら、かのスティーブ・ジョブズも私をスカウトに来るはずだ!!

・・・はぁ、さみしい。何をしてるんだか。
そんなことを心では思いながら、「○○円ですー!!」とお客さまには満面の笑みで対応する。

その時だった。

「・・・君、いいねぇ」

ジョブズのことを考えていた私に、目の前に立っていた中年丸メガネおじさんが言う。

「・・・は? ジョブズですか?」
「ジョブズ?」
「あ、いえ! 何でもありません! どうされました?」
「君、いいねぇ・・・」

中年丸メガネおじさんは同じ言葉を繰り返す。
ただ申し訳ないが、「いいね」と言われても、私にはあなたは「よくないね」である。
気味が悪い。同じ「いいね」なら、Fecebook のマーク・ザッカー

バーグに言われたいものである。・・・何これ？ 新手の口説き？

そんなことを考えていたらその中年男性は、「いいねぇ・・・いい
ねぇ・・・」と呟きながら帰っていった。

・・・なんだあいつ?

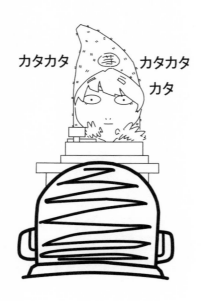

ていうか、証券会社ってなに？

・・・次の日だった。

いつものように始まったお昼のラッシュ!! 本日も月野プリズムパワー全開で駆け回ります。

「月野さーん！ レジおねがーい!!」

「はーい!! お待たせしましたー！」

そうして駆け込んだレジにいたのは・・・？

「君・・・、いいねぇ」

（またお前かい!!）

正直キモ・・!! お前ではないんだ!! 私を迎えに来るのは、ジョブズのはずなんだ!!

・・・と思いながらも、「○○円でございます！ ありがとうございました〜！」と得意の営業スマイルを振りまいて、すばやく帰してしまおうとした。

・・・その時だった。

「私、実はこういうものでして・・・」

こんなふうに言われながら物を渡されるのは、ドラマでしか見たことがない。しかし、その中年丸メガネおじさんはスーツのポケットから名刺を出して、こう言ったのだ。

「興味があったら連絡ください・・・」
そう言って丸メガネおじさんは去っていった。
なんだ?? 名刺?? なぜ??

その名刺に書いてあった会社名は・・・○○證券、○○證券・・・・・・

・・・読めない・・・

「芋山さ〜ん、なんかいつもの丸メガネおじさんから、さっきこんなのもらったんですけど、これ何て読むんすか・・・・?」

そう言って、妖怪山芋洗いAに話しかける。すると、傍に控えていた妖怪山芋洗いBとCがヌッと、姿を現す。こういう話をすると呼んでもないのに、次から次へと妖怪が現れる。本当におばさんたちは噂話や世間話が大好きだ。

それはさておき、
「あら、あんた」
「これ、あれじゃないの、あれ」
「あれよ、あれ・・・あれ・・・」

「・・・・・・・・・」
「・・・・・・・・」
「・・・・・・・」

「お前らも読まれへんのかい！！」

「店長ー！！！！」
結局たいした用でもないのに、忙しいなか、店長は妖怪たちに、
捉えられた宇宙人のように脇を抱えられてやってきた。

「店長、これ何て読むんだい？」
「あーこれ○○證券（しょうけん）さんね、うちのお得意さんだよ」
「證券？って何？」
「俺もよくわからん」
「私たちは」
「もっと」
「わからん」

結局全員で、頭を悩ませることとなった。

「ん〜・・・」
「で、あんた、何て言われたの？」
「興味があったら連絡くれって」
「やだ、あの丸メガネおじさんけっこうヒワイね」

「あんた口説かれんじゃないの」

「いやですよ、いくら彼氏がいないからって、あんな丸メガネおじさん」

「なに!! あんたまだ彼氏もいないの? うちの娘はもう結婚して、子どもいるのよ!!」

「はぁ・・・、そうですか(始まったよ・・・)」

「親に孫の顔見せなきゃ〜」

「選びすぎて行き遅れるわよ〜」

(こいつら、絶対しばく)

ショウケンガイシャ・・・何なんだろう? 宴会のホールリーダーの指名かな? それなら予約時にいつものように私がその日いるかどうか聞いてくるはず。

なんとなく気になりながら、放っておく

・・・はずだった!!!!

人生を変えるなら、今だよ

次の日からだった。
・・・その〇〇證券？ の支店長さんは毎日のように山芋屋に来ては、毎日のように店に名刺を置いていった。昼も夜もよく来るようになった。その人は焼き魚定食が好きだった。夜は部下らしき人に囲まれているのでたぶん偉い感じなんだと思うが、企業に勤めたことがないので、縦社会がよくわからん。

ただ・・・。
「君はいいよ」
次第に、最初は「君、いいねぇ」しか言わなかった人がドンドン違う言葉を発するようになっていった。

「営業に向いてるね」
「君は証券会社が向いている」
「うちで働きなさい」
「待ってるから」

そんなことを言われるようになり、最初は「何なんだろう、この人は？」と思っていたけど、毎日のように言われていくうちに私も自然と考えるようになっていた。

（証券会社って何だろう？）
（何をするところなんだろう？）

少し調べてみても、株？ とか為替？ を売り買いする？
・・・正直よくわからない。

まず、「為替」の漢字が読めなかったし、思い出してみて？ 私は、
はっきり言って貧乏育ち。
なんと言っても、我が家の家訓は、「お金がかかることは口にして
はいけない」なのだ。
お金について話すことはタブーだったのだ。
そんなのだったから、何度その人に「うちに来なさい」と言われて
も、ただ黙って愛想笑いをすることしかできなかった。

お金については家庭環境のせいか、憎しみすら抱いていたし、
はっきり言って年金や税金とかもわからない。
しかし、次第にその人の名刺の束は、100枚を超すようになって
いった。
毎日毎日そうやってご丁寧にも山芋屋に来るのもどうかと思うが、
さらに毎日毎日懲りもせず、名刺を置いていくこの人は、いった
い何なんだろう？
証券会社よりも、むしろそっちに興味が湧いたのだ。

そう思った私は、その日はいつもよりも少し暇だったこともあっ

て、ふとレジを終えてから、また名刺を置いて去ろうとするその
人に聞いてみた。
「あの、どうしてそんなに私に声をかけてくれるんですか？」
率直にそのことに興味があった・・・から、率直に聞いてみた。
すると、その人はこう返した。

「人生というものには、なぜかわからなくても突き動かされる時が
あるんだよ。僕はそれが今だと、そして君だと思っている。君は
証券会社で働くべきだ」
「・・・はぁ・・・」

そこまで言われてもいまいち要領を得ない返事をする私に、その
人は言った。

「人生を変えるなら、今だよ」

（ドキン!!!!）

そう言って、その人は去っていった。
私の心でも読んだのかな・・・？
その言葉を言われた瞬間、私の心臓はおかしな速度で動いていた。

・・・。
・・・・・・。
・・・・・・・・・。

・・・と思ったら、その人が帰ってきた。

「あっ、ちょっとトイレ貸してもらっていい？」

・・・おい（真顔）。

変革の時

その日以来、私は丸メガネおじさんにレジの合間を見て、気にな
ることや悩みをぶつけるようになった。

「証券会社って何をするところなんですか?」
「簡単に言ったら、お客さんのお金を預かって、しっかりと増やし
て返すところだよ、お金の相談みたいな感じだね」
「それ難しいんじゃないんですか? 怪しいというか」
「そんなことないよ。みんなイメージで言ってるだけだから。慣れ
ればそんなに難しくないし、怪しくもなんともない」
「私でも、できるんですか? 私、いま年金とかも払えてませんけ
ど・・・社会保険にも入ってないし・・・そもそもお金のこと何
にも知りませんけど・・」
「年金? そんなことも全部解決できる。君の頑張り次第でボーナ
スも出るし、必ず君の人生が変わると約束する」
「私は、普通の社会人になれますか・・・?」
「そうか・・君はそういうことにコンプレックスがあるのかな?
でも、ここでしっかり毎日働いてるじゃないか。君はもう立派な
社会人だ。そのことも含めて、本気で人生を変えたいと思うな
ら・・・」

丸メガネおじさんは一呼吸おいて、強い口調でこう言った。

「ぜひ僕を信じてついてきてほしい」

いろんな意味でドキドキしていた。どうしてこの得体のしれない
おじさんに、ここまで自分から話しかけているのかもわからない。
まだ私の中に、「人生を変えたい、幸せになりたい」という思いが
くすぶっていたからだろうか。
今私は時給800円で生きている。それでも月23〜25日出勤してる
し、昼前から閉店まで働いている。今の生活費を計算してみるが、
いつもギリギリで貯金など考えられない。

私は思い切って丸メガネおじさんに聞いてみた。

「私、毎月お給料、だいたい17万円前後なんですが、どうやった
ら貯金とか、人並みに年金とか払ったり・・『普通の人』になれま
すか?」

私のその質問に対して、丸メガネおじさんは言った。

「・・・なるほど。じゃあ一度詳しく説明したいから、今度休憩の
時でもいいから、ちょっと時間をもらえないか?」
「あ、はい・・・。明日の15時とかなら・・・」
「わかった。じゃあ明日15時、この名刺に書かれた場所に来てほし
い。受付で『長谷部はいるか』と言えば、通るようにしておくから」
「・・・はい」

失礼な話だけど、この時初めて、私はこの人の名前をちゃんと認識したと思う。

「長谷部」さん。

ぬっ。

いつもの効果音とともに妖怪山芋洗いーズが、お節介にも現れる。

「何あんた？」
「どこ行くの？」
「教えなさいよ」
「いや、なんか説明したいことがあるから、一度事務所に来ないか？　って」
「ふーん」
「変なことされないようにしなよ」
「それはそうと、あんた、ちゃんと手みやげ持っていきなさいよ」
「手みやげって、何を持っていけばいいんですか？」
「知らない」
「なんかあれじゃない」
「コンビニで喜びそうなお菓子とかジュースとか、買っていけばいいんじゃない」
「なるほど」

パイの実はお好きですか？

・・・そして翌日お昼のピークを終えて、私は指定されたオフィスに向かった。
「・・・うわ・・・」
デカすぎるビル・・・きれいすぎるオフィス・・・。
「・・・何ここ・・・」

そしてそこに出入りする人々のなんと頭の良さそうで、キラキラしたことか・・・。みんなビシッとスーツを着て、心なしか背筋もシャンとしているように見える。
そして私は・・・。

（ふ、服装、間違えたぁぁぁぁぁぁ・・・）

なんということだろうか、何も考えていない私はよりにもよって、バイトの制服の上にパーカーを羽織った姿で来てしまったのである・・・。

・・・キガエタイ、デモモウ、ジカンナイ・・・。

泣く泣く私はそのままの格好で、場違いすぎるオフィスに入っていった。

・・・ヤメテクダサイ、ミナイデクダサイ、シセンガイタイ・・・。

すれ違いざまにジロジロと見られる視線に耐えて、そうして受付の、これまたきれいな格好をした女の子に行き先を告げる。

「あの、『長谷部はいるかと言えばわかる』と言われて来たのですが・・・」

私のその言葉に、受付嬢はキョトンとしている・・・。

そりゃそうだ。今思えば、「長谷部はいるか」という物言いで訪ねてくるなんて、ナマハゲか道場破りぐらいのものである。妖怪山芋洗いからナマハゲに変化しようとしている私は、いったいこのきれいなオフィスで何をしようとしているのか・・・。

お目々のクリクリした受付嬢が、そのキュートな目をキョトンとさせながら、私に言う。
「あの、御社名を伺ってもよろしいでしょうか？」
「オンシャメイ・・・。オンシャメイ・・・。・・・あっ！ こ、こ、こ！ こちらです!!」

・・・そう言って私はあろうことか、携帯に入っていた自分の顔写真の画像を見せた。

「・・・・・・・・・はい？」

（オンシャメイって、「写メ」の丁寧な言い方じゃなかったのぉぉぉ
ぉぉぉぉぉ～!!!!!!!!）

・・・やばい、もう死にたい・・・。

「すいません、あの『オンシャメイ』とは何でしょうか・・・」

もはやここまで来ると、受付嬢も笑いをこらえて対応してくれて
いるようにすら見える・・・。

「あっ、はい・・・あのどちらの会社に所属されている方でしょう
か？」
（・・・そういうことですか・・・）
「はい、あの、『とろろや』から来ました」

しかし今思えば、山芋屋から来たというのが、なおさらナマハゲ
感を醸し出すものである。

・・・おそらく私のことを弁当屋の宅配業者か何かと思ったであ
ろう、受付嬢は長谷部さんに取り次いでくれて、なんとか私は中
に入ることができた。

しかし相変わらず場違い感は半端なく、極力私は人目に触れない
ように、忍者のようにササササッと物陰から物陰へと移動し、指定
された一室へと向かっていった。ニンニン。

「・・・ここ、かな・・・？」

そしておそらくここであろうと思われる部屋の前に立ち、コンコンとノックを鳴らす。

「はい、どうぞー！」

その声とともにガチャリとドアを開ける。

「し、し、し、失礼します!!」

そして部屋に入ると、長谷部さんがいた。こんな状況だからこそ、知っている顔がいるというだけで安心感がすごい。

「いやいや、よく来てくれたね。忙しいなか、ありがとう」
「いえ！ とんでもないです！ あっ！ あのこちら手みやげです!!」

「手みやげです」と言いながら手みやげを渡す私もどうかしているが、それ以上のことが起きてしまった。

「・・・・・・・・・」

私が差し出したその物を見て、明らかに長谷部さんは唖然としている。・・・え？ 私、何か変なことしてる・・・？

「あ、ありがとう・・・パイの実好きだから、うれしいよ・・・」

その顔は明らかに引きつっており、その言葉は、明らかに異常な
気遣いにあふれていた・・・。

（あのババァァァァァァァァッ！！！！！！！！！）

・・・妖怪山芋洗いに言われて私が手みやげとして用意していっ
たのは、コンビニで買ったパイの実やポッキー、キットカットな
どチョコの類やコーラやオレンジジュース・・・。

・・・パーティーか。

無知というものほど、恐ろしいものはない・・・。

「す、すすすす、すみません・・・！ 何も知らないもので・・・」
「いやいや！ いいよ、いいよ！ ありがとう！ じゃあ、いただきな
がら話を始めようか」

そう言いながら長谷部さんは、違う意味での「義理チョコ」をほお
ばりながら、話を始める。

「あらためて忙しいなか来てくれてありがとう。昨日の話を聞いて
いて、偉そうに言うつもりはないんだけど、月野さんは、人生に
ついて・・・、例えばライフプランとかは考えたことはあるのか

な？って」
「ライフプラン・・・」

・・・訳のわからない言葉が、私の脳裏に刻まれる。

「簡単に言うなら人生設計や将来設計のことだね。自分がどんな生活をしたくて、今自分がどれだけお金を稼いでいて、何にどれだけ必要で、将来どれだけ貯蓄する必要があるのか、といったこと」

・・・そんなことを考えたことがあったら、いい年こいた女が、毎日山芋をゴリゴリしてるわけないじゃないか。この人はいったい何を言い出すんだろうか。

「・・・考えたこともありません・・・」
「なら一度、ぜひそのことを考えてみたほうがいい。今日はそのために一緒にシミュレーションをしてみたいと思う」
「・・・はぁ・・・」
「ストレートに聞いて申し訳ないんだけど、今働いているお店でお給料は毎月どれぐらいもらっている？」

「・・・いつもあんまりちゃんと見てなくて・・・たぶん17万円ぐらいだったと思うんですけど・・・」
「それはいけない。自分の人生設計というものは、きちんと自分の収入を把握するところから始まるのだから。じゃあ聞き方を変えるけど、時給は今いくらで、1日何時間、月どれぐらい働いている？」

「・・・確か800円で、だいたい1日10時間ぐらいで、月23日から25日ぐらい働いています・・・」

「なるほど。じゃあ日数は仮に24日としておこうか。簡単に計算すると、800円×10時間で1日8千円。それが8千円×24日で19万2,000円。なるほど、そこから税金やらが引かれて、確かに17万円前後。ちなみに、貯金とかはありますか？」

「いえ・・・。いつも、なんだかんだお金を使ってしまって、無くなってしまうんです・・・。何に使っているかもあまりよくわかってなくて・・・」

「わかった。じゃあその前に、こう聞いてみようか。月野さんは、車は欲しいですか？」

「・・・？」

いきなり何を聞き出すんだこの人は？ と思いながら、私は答える。でも車が欲しいとは思っていた。

「・・・はい、それはできたら・・・」

「将来は、家は買いたいですか？」

その言葉に、今の家賃5万円の狭い賃貸アパート住宅が思い浮かぶ。そりゃ私だって、幸せな家族で住む家が欲しい。

「はい」

「そもそも結婚はしたい？」

（・・・ライフプランとは拷問を受けることなのか？）

「・・・しなくてもいいんですけど、まぁできたら・・・。でもできなくても、自分一人でも子どもはほしいと思っています・・・」
「子どもは何人？」

（どういうこと？？　妖怪山芋洗いBが言うようにヒワイ？　なのか？）

「できるなら2人ぐらいは・・・」
「なるほど」

長谷部さんの数々の拷問のような質問に答えているうちに、私はどんなふうになりたかったのか・・・どんな生き方をしたかったのか・・・・・ふと口から言葉がついて出てきた。

「私、普通の生活がしたかったんです」
「普通？」
「ずっとそういう生活に憧れていて、普通に家を持って、普通に親子仲良しで・・・。でも、なれなくて・・・」
「わかった。でも厳しいことを言うようだけど、今の月野さんでは、その普通の生活というものを送るのは難しいかもしれない」
「・・・え？」

「普通というのを、あくまで『平均』として考えた時に、日本人が思う普通の生活をするには、世帯年収で1千万円が必要なんだ」

「・・・え・・・？」

1千万円・・・。急に出てきた途方もない数字に、目の前が真っ暗になる。

長谷部さんは1枚の紙にスラスラと何かを書き始める。それが一通り終わると、その紙を私にすっと差し出して見せる。

「これは昔あった、ある学生たちに取ったアンケートらしいんだけど、彼らの思う、いわゆる『普通』の生活。家族が4人として、住宅費が13万、水道光熱費3万円、食費5万円、携帯3万円、車7万円、服飾費4万円、旅行代3万円、毎月の貯金3万円、学費5万円、お小遣い8万円。それらを合計すると、毎月54万円となる」
「・・・はぁ・・・」

「これを12カ月分とすると、54万円×12で648万円。しかし、ここには税金や年金、保険料が含まれていない。さらにはここには書かれていない、日用品や雑貨など。細かい支出もあるでしょう。それらを含めると、アンケートにあるような、『普通』の学生たちが描く理想の648万円を自由に使う生活をするためには、夫婦で働いている場合で考えて最低でも、世帯年収で約1千万円を稼がないといけない。あくまでも学生の理想なんだが、これが『普通』や『理想』と感じている人も多いのかもしれない」

「で、でも夫婦で、ですよね・・・私が稼がなくても旦那さんが稼

げば・・・」

「そう思うかもしれないな。でもさっき月野さんが言ってた、『普通』というもので考えた時、今の月野さんと同年代の、20代男性の平均年収は275万円。これに月野さんのお給料を合わせると、いくらになる？」

・・・いくらなんだろう・・・？ うまく計算ができない・・・。

「約500万円。もちろんここから先ほど言ったように、税金や保険料が引かれることを考えると、手取りはだいたい400万円前後となる。もちろん同年代の平均だから一概には言えないけどね。でも。そう仮定した場合でも、思っていた生活は・・・？」

それはさすがの私にもわかる。

「・・・できない・・・」

トビラハヒラカレタ

「そうなんだ。だから理想の人生を歩むというのは、いつだってこういう自分の理想と今の立ち位置を知ることから始まるんだ。もちろんこうして現実を突きつけるだけで、心を折りたいわけじゃない。まずはこうして『気づくこと、知ることが大切』ということなんだ。わからないというのは、ほとんどの場合、何がわからないかもわかっていない。でも、自分の立ち位置や今いるべき場所、いわゆる何がわからないかがわかれば、必然的に進むべき道も見えてくる」

「何がわからないかわかれば、必然的に進む道も見えてくる・・・」

オウム返しのように呟く私に、長谷部さんが優しく言う。

「そう。ただ、こうして知ることができれば、何をどうしていけばいいか、解決の糸口が見えることもある。でも、もし知らないとどうなると思う?」
「今の私のように、その場主義でいい! と現実に目を向けずただ生きて、ただ時間だけが過ぎて・・・」

「ただ時間だけが過ぎていく。うん。本当にそうなんだ。意識して生きるか、目を背けて生きるのか、それはとても大事なことなんだ。

失礼かもしれないけど、さっき月野さんが言っていたように、毎月自分にいくらお金が入っているか、自分が毎月いくらお金を使っているかも把握せずに時間だけが過ぎていくと、気づけば思い描いていたはずの理想の人生とは、遠くかけ離れていってしまう。それは今も老後も、同じ話。日本人はお金に対する知識があまりにも不足してしまっている」

「・・・・・・」

「実はお金というものは、自分にいくら入ってきていて、いくら必要かということ、そのために自分が今何をするべきなのかということをきちんと把握することができれば、受け身の人生から、自分で能動的に人生を、魔法のようにコントロールすることができるんだ。そしてそれはけっして、難しいことじゃない」

・・・熱を帯びてくる丸メガネおじさん、ならぬ長谷部さんの言葉に、私はふと湧いてきた疑問をそのままぶつけてみた。

「あの・・・でも、どうして私だったんですか?」
「どうして・・・?」
「いや、どうしてこんなに私を熱心に誘ってくれるのかなと思って・・・。私、ただの高卒の山芋屋のアルバイトです・・・」

「月野さんはいつでも明るくて、元気だ。お店に君がいるだけで、パッと明るくなるだろう? そう言われることも多いはずだ。さらに私は、君の接客を受けて感動したんだ。ある時食後の薬を用意

してテーブルに置いておいたら、食べ終わり頃の良いタイミングでお白湯を持ってきてくれたり、今日の焼き魚はすごくおいしいですよ!! と、さりげなく自分のお店の看板メニューをアピールしたりしてくれる」

「はぁ・・・」

「僕がしばらくお店に顔を出さなかったら、『どこかにおいしいランチのお店でも見つけたんですか?』と気にかけてくれていただろう。しかもそれに対して、私もそこに行って、何がおいしいのか勉強したいと言って、実際に行ってその感想を聞かせてくれた。それをすべて無意識にやっていて、君のお店には君のファンも多く通っていると思うんだ。これは一見当たり前のように見えて、当たり前じゃない。人から好かれるのは君の特技だと思うよ」

私は正直戸惑った。バイト人生が長いので、そんなの当たり前のことじゃないのだろうかとも感じた。

そして、「人から好かれるのは君の特技」。この言葉に大きな違和感を持った。この人は何かを勘違いしている。そう思った。

「あの・・・うれしいのですが・・・私そんな人ではないです・・・」
「ほう・・・そうか、月野さんは自分のことを受け入れていないのかな? 自分の素晴らしさを否定しているのかもしれないね。そのまま月野さんの思い込んでいる『ダメな自分』で生きていくの? 僕なら月野さんが自分の魅力を生かせるステージを用意できると思うんだ。そしてさらに君は、この会社に新しい風を吹かせること

すらできると感じている。ぜひ僕を信じてついてきてほしい」

・・・長谷部さんは、前も店で言ってくれた言葉を、ここでも繰り返した。
戸惑いと、うれしさと、「新しい自分」という想像もしなかったワードに対して自分がとても高揚しているのがわかり、とても不思議な感覚だった。

「ありがとうございます・・・。一度しっかり考えてみます」

それが、精一杯の返答だった。

「人は人との縁で生かされていて、人との縁で人生は拓かれていく。今日の縁が、君にとってそんな人生を変える縁となることを祈っている」

そうして話は終わり、私は頭を下げて部屋を出た。長谷部さんは会社を出るまで付き添ってくれて、私の姿が見えなくなるまで見送ってくれた。私はなんだか申し訳なくなり、何度も、何度も振り返って、長谷部さんに頭を下げた。

・・・この時はまだ、私は何をどう答えたらいいかもわかっていなかった。ただ、いろんなことで頭がいっぱいになりすぎていて、わからなかったというのが正直なところだった。戸惑っているのかうれしいのか本当にわからなかった。

パイの実を渡したことなど、すっかり忘れていた。

帰り道、私の頭をグルグル回っていたのは、今までの自分自身の人生と、そしてこれからのことだった。

・・・今までもなんとなく生きてきたし、これからもなんとなく生きていけると思っていた。でも今日初めて、私の人生はこのままじゃダメなんだということに気付くことができた。

あの人は言った。
「気付くこと、知ることが大切なんだ」と。
今、私は気付くことができた。
今までの自分、今の自分、そしてこれからの自分。
だからこそ・・・。

正直、今まで考えたことのないことばかりだった。
家に帰っても、答えが出ない。

でも一つだけわかったことは、私はまだ「人生を変えたい」ということを、あきらめていないんだということ。そして今、「人生を変えるなら、今だよ」と言ってくれている人が、現れているということ。

このままアルバイトを続けて、今までと同じ、流れに任せたまま過ぎゆく人生なのか。

それとも・・・。

・・。
・・・・。
・・・・・・・。
・・・・・・・・・・。

その日から、数週間後のことだった。

私は、○○證券静岡支店の門を叩いていた。

ただ山芋屋で働いていただけで、一般常識もない、漢字も読めない、計算もできない高卒の私が、どういう因果か、高学歴の優秀な人たちばかりが集まる「日本一の証券会社」に入ることとなった、摩訶不思議な出来事の始まりだった。

第2章

山芋女、
「日本一の証券会社」に
入るの巻

ナスダック、ドナルドダック、グワグワグワッ!

「やべー!○○の株が暴落した!!」
「△△の株がストップ高!!」
「下がった〜!!」
「上がった!!!!」

・・・どうして私は、今こんなところにいるんだろう・・・。
見たこともないきれいなオフィスに、見たこともない仕事ができ
そうな人たちがいて、聞いたこともない横文字の言葉が飛び交う。
ついこの間まで山芋屋で、おばちゃんたちに囲まれて働いていた
はずなのに・・・。

とにもかくにも、右も左もわからない。周りの人が何をしゃべっ
ているのかすらも、さっぱりわからない。横文字ばっかりで、こ
れは日本語なんだろうか??っていうか、スーツなんて着るの初
めてだぞっ!!こんな苦しい格好で、みんな一日中過ごすのか!?
所在なさげにボーっと立ち尽くす私に、誰もかまうことなく、忙
しそうに時間だけは過ぎていく。

「あの・・・」
一応出社してすぐに、皆さんの前で自己紹介程度の挨拶はしたも
のの、それ以降は今のところ、なんのフォローもなし。たまらな

くなって、誰かに話しかけるものの・・・みんな一瞥するだけで忙しそうにしていて、相手にしてくれない。

本当に大変なところに来てしまった・・・。

違いすぎる。

山芋屋とは当たり前だが、本当に世界が違いすぎる。

これが私が憧れていた世界だったのかもしれないが、いざその中に入ってみると、自分の場違いさだけが際立って、もう妖怪山芋洗いの里に帰りたくなっていた。

難しい漢字、外国語のような言語。何を見ても初めてで、日本にいる気がしなかった。

とりあえず言われたこととして、私たちの朝は、新聞の読み合わせから始まるらしい。

でもまず、為替（かわせ）が読めなくて、「ためがえ」と言って、初日から周りに白い目で見られたし、よく会話の中で出てくる、「日経平均」が何なのかもわからない。

日本語もままならないのに、朝の打ち合わせでは必ず、数時間前に終わったＮＹダウ？とかいうわけのわからない言葉の話から始まるのだ。

ＮＹダウって何⁉ ナスダックって何⁇ ドナルドダックなら知ってるよ！??? グワッ！ グワッ！ グワッ‼

ここではそんなことを言っても、誰も笑ってくれない。それどころか、軽蔑すらされるだろう・・・。あぁ・・・妖怪山芋洗いたちよ、ラスカルよ、**カムバーーーック！！！**

なんとかわかるふりをしながら相槌を打つも、さらに、アメリカのみならず、イギリス、ドイツなどのヨーロッパ、そして金、原油などの数字を読み上げていかねばならない。

「ＮＹダウがどうたらこうたら・・・」
「ウフン」
「ナスダックがうんたらかんたら・・・」
「アハン」
「・・・・・・・（怪訝な目で私を見る）」

「いや、あの、英語しゃべってないから、相槌も日本語でいいから」
（いやぁぁぁぁぁぁぁぁぁぁぁ！！！！）

・・・もうヤダ・・・死にたい・・・。

「で、次にゴールドの相場なんだけど・・・」

・・・こここここ、これはいったい何なんだ！！！
何のためにこれを知る必要があるんだ！！

私は日本の証券会社に入社したのではないのか？？ 海外のことをやるのか？？ ゴールドって何だ？？ のべ棒か？？？ 日本語すら理解に苦しむのに、目の前に次々現れる横文字。私は、本当にここに来てよかったのか？？

奥義「カワイソウナサヤカチャン」発動!!

毎日、毎日、わけがわからないまま、一瞬で過ぎていく・・・。
もうついていくのがやっと・・・ではなく、朝起きるのがやっ
と・・・の世界になってきて、だんだん何をしにここに来ている
のか、わからない状況になってきているのが自分でも嫌というく
らいにわかった。

ここで少し、証券会社の生活を紹介しよう。
私の入社した会社は、最初の約1カ月は研修の日々が続く。
ビジネスマナー、経済について、新聞の読み方、指標（訳のわから
ぬ経済数字の付け方）、ありとあらゆる研修を受ける。

なかでも私の予想を超えたのが・・・というか、人生でやったこ
とがなかったのが、飛び込み営業の練習だった。お客さん役、営
業マン役でお客さまとコミュニケーションを取るロールプレイン
グ（模擬練習）を行う。お客さん役の同期は営業をかけられて嫌そ
うにする主婦を演じるのである。

・・・これは、非常に滑稽、滑稽、コケコッコーだ。はっきり言っ
てやりたくない。

「資産状況をお伺いしたいのですが・・・」

「え〜〜証券会社って、いまいち信用できなくて〜〜。お金とか騙し取られるんでしょ〜?」

「いやいや、奥さん。それは実は誤解でして・・・」

「え〜〜〜(腰くねくね)」

・・・え??

この会社は日本の大手企業と呼ばれるところですよね?

有名な大学に行って、優秀と呼ばれる方たちが集まる場所ですよね??

これは何のためにするんですか? みんな、なんで真面目にできるんですか?

私は笑いをこらえるのに必死ですよ?

結局そんな態度だから、中途入社の同期たちがメキメキ成長していくなか、私だけたいした進歩も見せずに、ただヘラヘラ笑ってごまかすだけで、日々は過ぎていった。

とりあえず証券会社というところは、人さまのお金を預かって、株や金とか債券の資産に換えて、それを売り買いすることで、お客さんのお金を増やす場所であることだけは、なんとなくわかった。だからみんないつもオフィスで、「上がった」とか「下がった」とかで、一喜一憂してるのか。なるほど。

そんな研修の最中に、中途入社の同期たちと飲みにいく時間があった。

中途入社といえど、私より年上の人もいれば、年下の人もいたり、そうかと思えば、超大手の○○銀行の部長さんだった方、違う証券会社でものすごい成績を残して、ヘッドハンティングされてきた方など、みんなすごい人ばかり。高卒アルバイト出身の私とは、大違い。

「さやかちゃんは飲食店上がりなんだってね、社員？」
「いえ、社員になったことはありません」
「え？ やっぱり噂通り‼ 何でここにきたの？ 何で入社できたの？ あ〜もしかしてお偉いさんの愛人とか？ 裏口入学〜（笑）」
「・・・いや。あり得ませんよね？（さすがにムカつく）」
「いやーちょっと噂だったんだよね〜 ギャルみたいな高卒の子がいるって。漢字も読めない、計算もできない子がいるって、研修で君と同じグループだった子に聞いてさ、よくここに来たなって気になってたんだよね。だってこの会社、金融機関だよ？」
「・・・そうですか、すみません・・・」

そんなやりとりが続く。確かに素晴らしい経歴の方、実績をお持ちの方が多かった。高卒なこと、生涯バイト人生なことが、とても異端児に映るようだ。ただ質問に対して答えていくうちに、あまりにコンプレックスが多すぎて、どんどん気が滅入っていった。これだから人間は嫌いなんだ。

その時だった。

「あまり詮索するのはやめましょうよ。きっと、大学に行けなかった事情があったのかもしれないじゃないですか」

この言葉と同時についにあの奥義が発動してしまったのです。必殺「カワイソウナサヤカチャン」。

「そうなんです、実は・・・（お目目ウルウル〜）」
私はこれをチャンスとばかりに、これまでの生い立ち、家族と絶縁状態のことなど話し出した。被害者意識満載でお酒の勢いもあり饒舌だった。
すると、次の日からグループになるみんなが優しくなったのだ。

ほれ、見たことか（ドヤッ）。

かわいそうな環境なのに、頑張ってチャンスを与えてもらったさやかちゃん。その見事なブランド力は、私が傷つかない空間を見事に作り上げた。みんなみたいにうまくできないこと、社会人としての立ち振る舞いができないことをみんなが許してくれて、なんなら手取り足取り、ご教授いただけるようにまでなった。

やっぱりこの奥義、最高〜〜っ!!!!

こうしてなんとか研修を切り抜けた私は、支店に帰っても随時この奥義を駆使しては、身近な人を取り込んでいこうとした。

そうして自分の場所を少しずつ確保し始めた、そんなある日のことだった・・・。

とんでもない鬼が
やってきたのは・・・。

はじめてのとびこみえいぎょう

支店に戻り店内研修もこなし、研修日程がすべて終わって、ようやく一息ついていると、次にまたとんでもない日常が用意されていた。

私をここに導いた長谷部さんは支店長さんであり、なんといってもこの静岡支店のトップ。一番下っ端の私が、普段から気軽に話していい立場ではない。そんな私にも直属の上司というものがいて、それが40代の関西弁上司だった。仕事はできる。が、しかし、口数が多い。

「研修どうやった？」
「はい・・・いろいろ社会人というものを学びました」
「月野は特殊やからな〜。為替読めなくて入社してくるとか、腰が抜けるほど驚いたわ〜！ まぁ、でもこれからが本番やから、覚悟しとけよ〜!! 」

豪快に笑う上司をよそに、未だ慣れない用語が飛び交う環境に居心地の悪さを感じながら、これから私は何をして生きていくんだろう・・・と、不安に苛まれていた。
そう思っていると上司からあるものが手渡され、ある場所に連れていかれた。

「月野!! いよいよやでっ!! 支店長に見込まれた期待の星が、どんな活躍をするのか楽しみやっ!!」

そう言って手渡されたのは名刺1箱、そして連れていかれたのは地図がたくさん置いてある本棚だった。

「さぁ!! 月野、今日から頑張ってな!」
「・・・何を?」
「『何を?』やあらへんがな。好きなとこ行って好きにやってこいや」
「え? は? どこへ?? 何しに?」
「お前は、研修で何を学んできたんや? 名刺持って好きなとこ行って、名刺交換してこいや。ほれっ。しゃべってんと行け。ほらっ、行けっ」
「はっ?? はい??」
「勘の悪いやっちゃな〜、ここにある地図から場所を決めて、片っ端からピンポン押してってたらええねん」

「・・・マジ?」

「大マジ」

そう言って上司は立ち去っていった。

マジかよ、どうしたらいいんだよ・・・。

目の前が早くも真っ暗になる私。証券業界のことはほとんどわか

らない、教えてくれない、体で覚えろ！ 的な、体育会的雰囲気。
しかし一緒に研修を受けた同期たちは、なんの抵抗もなく飛び出
していっては、早速契約が取れそうだみたいな話をしだしている。

何なんだこの会社。異次元だ、異次元すぎる。これが社会ってや
つなのか？？
顔面蒼白になりながらも、もちろん誰か一緒に行ってくれるわけ
もなく、もう逃げ場がないので会社を出るしかなかった。

とある駅に降り立ち、とりあえず目の前にある家からインターホ
ンを押そうと思った。が、知らない方の家のピンポンを押すこと
がどれほど怖くて恐ろしいことか、この時知ったのである。
足は震え、名刺を持つ手も震えていた。感じたことのない震え。
内臓が震えていることすら感じ取れるレベル。

インターホンを押しても、きっと出てこないだろう・・・自分だっ
たら見知らぬスーツの女がモニターに映ったら出ないよ。営業だっ
て推測できるし・・・でも万が一出てきたら、何て言おう。

もう・・・どうしたらいいんだよ・・・出たところで、私は何を
すればいいのかわからないんだよ・・・。とりあえず押せ！ 押す
んだ、私！！

行けぇぇぇぇぇぇぇ！！！！！

ピンポーン♪
そうして目の前にあった庭付きの豪邸のインターホンを押した！！

（出てくれるな、出てくれるな、出てくれるな・・・）

出てくるようにインターホンを押しながら、「出てくれるな」と祈っ
ている。・・・いったい私は何をしているのか・・・。
・・・しかし、私の意に反して、物事は最悪の方向へ動く・・・。

「はーい！」
な、ななななななな、なんと、そちらの家の奥さまが庭仕事をさ
れていて、私はよりにもよってその時にインターホンを押してし
まい、奥さまはインターホンに出ずにそのまま玄関口に顔を出さ
れたのだ・・・。

「ひゃぁっ！！」

いったいどこから出たのかわからないような悲鳴をあげて、とっ
さに私は逃げ出してしまった。

月野さやか、24歳。24歳にして、ピンポンダッシュをする・・・。
もうやだ、もうやだ、もうやだ・・・。
私は何をしてるんだよぅ・・・。
バカ丸出しじゃないか・・・。

プルルルルルル！！

「ひゃぁっ!!!!」

もう世の中に対する恐怖しか感じられず、人気のない路地裏でうずくまっている時、突然電話が鳴った。心臓が止まるかの勢いでびっくりして、電話に出ると関西弁上司だった。

「おう月野！ 何軒押せたんや？ 会えたんか？ 名刺何枚渡せた？」
矢継ぎ早に質問がくる。
「いえ・・・まだ渡せていません」
「なんやお前、まさかまだ何もしてないとかちゃうやろな？」
「・・・してません」
・・・一軒だけピンポンダッシュしましたとも言えず、とっさにごまかすとその瞬間、上司の口調が変わった。

「・・・お前舐めてんのか？」

「・・・はい？」

「お前、会社をなんやと思ってんねん。会社はお金を稼ぐとこ。お前の仕事は営業。営業の仕事は、お金を稼いでくることや。それでお前も給料もらうんやろ。わかるか？」
「・・・はい、なんとなく・・・」
「会社は遊ぶとこちゃうぞ。とりあえず結果だせ。片っ端から目の前の

家のインターホン押していけば、なんとかなるから。わかったな」

ガチャリ。プープープー。
そう言って、電話を切られてしまったのだ。

（あーーーーもう長谷部ぇぇぇぇぇぇ!!! こんな話聞いてないぜ
よ!!! 私の人生が逆転するステージを用意できるって、何だよこ
れ!! こんな恐ろしいステージ望んでねぇよ!!）

・・・もう、やめたい・・・。山芋の里に帰りたい・・・。
誰に怒りと悲しみをぶつけたらよいのか、こんな時に愚痴れる彼
氏も家族もいない私は、もう観念してインターホンを押すしか
なかった。

ピンポーン♪

「・・・はい?」
「あっ、あっ、あっ、こ、こんにちは〜。わ、私、○○證券
の・・・」
ガチャリッ。

・・・最後まで聞けや
コラッ!!!!!!!

2軒目。
ピンポーン♪

「・・・はい?」
「こんにち・・・」
ガチャリッ。

・・・な、な、な、何だ、何だ、何なんだ。社会というのは、こんなにも冷たく、辛く、厳しいものなのか・・・。私は何も悪いことしてないじゃないかっ!!

その後も、何軒か押してみたが案の定、外まで出てくれる人はおらず、結局、ポストに名刺を投函して終わることだけが続いた。
・・・しかし、これならいける!!! 名刺は減っている!! と自己弁護しながら、その日は会社に帰った。
そこで待ち受けていたのが、関西弁上司だった。

「どやった?」
「・・・名刺は減りました」
「直接話せたんか?」
「・・・いえ・・・」

私のその言葉に、上司はため息をついて、息継ぎもせずに一気に言う。

「お前、それなら出てくるまで粘れや。どうせピンポン押しても外に出てくれへんから、『はい、そうですか』って帰ってきたんやろ。そこでお前もう一回押すんじゃ」

「・・・いや、でもそれ、嫌がられますよね？」

「バカたれ。俺たちはお客さんの資産を増やす良い話をするために、挨拶に回ってんねん。それなら邪険に扱われようとも、もっと自信持って、何回でも言ったらないと、向こうがかわいそうやろ」

「・・・」

そんなことを言われてもと思いながら、翌日もまた名刺を持って、外回りに出ていたのだが、ついに外に出てきてしまった人がいたのだ。

「はーい!! どちらさま？」

（おおい・・何で出るんだよ・・・どうしよう、どうしよう・・）

「しし、しょ・・証券会社の者で、この辺を挨拶回りしています・・・」

「ご苦労さまです・・それで？」

（そりゃそうよね・・そうなるよね・・どうしよう・・・何か言わなきゃ）

「挨拶回りだけなので、名刺を渡させてほしいです・・」

「あなた新人？ 大変ね」

と言った奥さまは、本当に出てきてくれて名刺をもらってくれた。緊張しすぎて、何を話したのかすら覚えてないくらいだけど、本当ならここでいろんなことを話して、家の中に入れてもらって商

品の説明なんかしないといけないんだろうけど、そこまで頭が回らなかった。

結局他の人から見たら大チャンスも、みすみす逃してしまった・・・。

その後も、基本的には、インターホンを押しても出てきてもらえない、冷たくあしらわれる、時に怒られる。もう自分が何者で、何をするためにインターホンを押しているのかもわからなくなっていた。
いいことなんて何もない。なんだよ、これ・・・。話が違うじゃん・・・。

奥義「カワイソウナサヤカチャン」破れるっ!!

私が証券会社に中途入社したのは10月の終わりで、そこから約1カ月半の研修。
つまり、この飛び込み営業の季節は12月。真冬なのだ。

陽も暮れるのが早くなり、なんの成果もないまま会社に帰ることもできず、夕方まで同じ街をフラフラさまよう私は、もはやあの伝説の妖怪「口裂け女」の再来と、思われているかもしれない。
もう何もかもが嫌になり、なんで私をこんな世界に放り込んだのだと、全世界丸メガネ民を心底恨み始めた頃、変化が起こった。

ある時飛び込み営業した先の、パン作りが上手そうな見た目の主婦の方から、毎日この辺を回っている証券会社の子がいると、噂になっていることを耳にした。

「あなたね、毎日この辺りを回ってる子。新人?」
「・・・はい・・・すみません・・私、けっして怪しくはないんです・・・」

そしてここで、例の奥義「カワイソウナサヤカチャン」が発動したっ!!

「・・・やらないと帰れないんです（お目々ウルウル～）」
「そうなの、大変ね。噂に聞いたことあるのよ、この会社厳しいでしょ」
「それは、それはもう・・・（さらにお目々ウルウル～）」
「うちにはお金はないけど、名刺はもらってあげるわよ」
「それだけで救われます・・・ありがとうございます・・・」

そしてこの日から、この主婦の家周辺の方に目を潤ませながら、
死にそうな小さい声で、「名刺だけでももらってください・・・」と
言うと、「名刺だけもらってくれる」現象が起こり始めた。心の奥
底まで寒さと、人に対する抵抗で凍りつき、もう無意識に奥義「カ
ワイソウナサヤカチャン」を発動させまくる毎日だった。
これでは結局、妖怪山芋洗い女から、口裂け女の再来、そして次
は一日中街をさまよう「妖怪名刺配り女」に変わっただけかもしれ
ないが、なりふりなんてかまっていられねぇ。もう奥義も、妖怪
も、総動員だ。

しかし・・・。

いよいよこの長年破られることのなかった奥義が、破れ去る時が
来たのだ・・・。
例の鬼によって・・・。

「最近名刺をもらってもらえるようには、なってきたみたいやな？」
「おかげさまで。はいっ！」

そのあとに上司が、背筋が凍る言葉を発した。

「で、契約は？」

「・・・・・・取れてましぇん」

そうなのだ。私がどれだけ名刺を渡したところで、証券会社というのはお客さんの資産を増やす場所。その契約によってこの会社は成り立っていて、その契約を取るために私たち社員は存在していて、お給料をもらっている。

「見込みは？」
「見込み」というのは、契約が取れる可能性が高い顧客候補のこと。
「・・・・・・」
「お前まさか、見込みもゼロとかないやろな？」
「・・・・・・ゼロでしゅ」

黙る私に、上司は大きくため息をついて言う。
「お前、人の家に遊びに行ってんのか？」
少しずつ「会社」というものに慣れてきていたので、この質問がややご立腹系のものであることは察知したが、どう切り返してよいのかまではわからなかった。
「え・・・えっと・・・」
「まさかとは思うけどお前、新人なんです、名刺はけないと帰れないんです・・・新人なんで大変なんです・・・とか言いながら、

名刺配りやってるんちゃうやろな？」

（ギクゥッッッ！！！！！）
「いいいいいいいええええええ、けけけけけけしししててて、そそそそそんなこここことははははは！?！?！?」

明らかに動揺する私に上司が、また大きくため息をついて言う。

「お前、そんなことして意味あると思うか？」

その時だった。

（行けっ!!　奥義「カワイソウナサヤカチャン」!! 発動っ!!）

「あのな・・・」
「違うんですっ!!」
「・・・なんや？」
「（お目々ウルウル・・・）・・・私高卒で、親も貧乏で、これまでお金のこととか勉強したことなく・・・」

「黙れ」

（ガーンッ!!　お、奥義が、つ、通用しないっ!!）

「お前がここにいるということは、すでにそれだけでお前と俺の立場は平等なんや。それが大卒であろうが、高卒であろうが、中卒であろうが関係ないねん。そんなにコンプレックスがあるんやったら、こんなところおらんと、元のところに帰れや」

「・・・・・・・・・」

「ええか？ 今までのお前に何があったかは知らんし、知ろうとも思わん。ただ俺は、お前の上司や。上司の責任は部下をしっかりと育てることや。そのために今、俺はお前に真剣に向き合ってる。それはお前を連れてきた、長谷部さんも同じや。それに対して、お前はどうや？ 俺たちに真剣に向き合ってるか？」

「・・・・・・・・・」

・・・そう言われると、言葉がなかった・・・。

私はどこかで、研修の時から今日まで、まっすぐ現実に目を向けていなかった。かわいそうな自分を演じれば、誰かが優しくしてくれて、なんとかしてくれると思っていたし、それでなんとか乗り切れると思っていた。

でもここは、今自分がいる場所は、それでいい場所ではないということが、今わかった。これでは今までと同じだ。結局変われないまま、どこに行っても同じことをするだけの女じゃないか。

「どんな縁か知らんけど、俺はお前の上司になって、なんとかお前が成長してほしいと願ってんのに、お前自身がまっすぐ向き合ってくれへんかったら、俺はなんのために頑張ってるんや？」

「・・・・・・」

「縁」。
再び長谷部さんが言ってくれた言葉が、思い出される。
「人は人との縁で生かされていて、人との縁で人生は拓かれてい
く。今日の縁が、君にとってそんな人生を変える縁となることを
祈っている」

上司の言葉に、何も言えない自分がいた。私はいったい何をして
きたのだろう・・・。
ここに、奥義「カワイソウナサヤカチャン」が破れ去った。
そしてそれは同時に、私の人生で「逃げ道」というものがなくなっ
た瞬間でもあった。

信じてるなんて言わないで

「では、朝礼始めます」
・・・また始まった。もう朝起きること自体が苦痛の日々になってはいたが、その中でも始業直後の朝礼の時間が、私にとってはたまらない地獄だった。

この朝礼の時間では、個々人の営業成績のランキングや、ノルマとは呼ばない「責任数字」が随時発表され、もちろん成績が悪い人はあれやこれや言われることもある。そこには人権も何もあったもんじゃない。しかも、私の同期で入った人たちはドンドン契約を取り始めており、私の社内での営業成績ランキングは、断トツの最下位。

当初は「長谷部支店長肝いりの謎入社経路女」として、期待されてはいたものの、まったく上がらない営業成績や、漢字が読めなかったり、計算ができなかったりと、ところどころで顔を出してしまう世間知らずの一面が露呈するうちに、社内での私の立場は、よくない方向へまっしぐらに進んでいた。

猫まっしぐらならぬ、月野まっしぐら。しかし、ヤバい、どうしたらいいものか。

しかもこの時の私には、もう奥義「カワイソウナサヤカチャン」は封印されてしまっているうえ、関西弁上司というお目付け役までいて、「逃げんなよ」とばかりに、常に目を光らせている。

あぁ・・・ふざけてりゃ済んでいた、あの山芋の里に帰りたい・・・。いったい私の人生はここにいて、何が変わるというのか・・・。

それからも、名刺を持って各家庭を訪問するも、無視されるわ、意味もなく怒鳴りつけられるわ、犬に吠えられるわ、ひどい時には水をかけられるわ・・・。
いったい自分が何をしているのか、本当にわからなくなって、帰り道、悔しくて涙が出てきた。

私、本当に、ここに何しに来たんだろう・・・。
憧れていた世界は、やっぱり憧れていた人だけの世界で、本来私みたいな凡人が来るところじゃなかったんだ・・・。
みんな高学歴で、育ちも良くて、お金に苦労したことも何もない。
あの人たちはあの人たちで、別世界の人なんだ。結局みんないつもどこかで私のことを見下していて、私みたいな凡人は、あの人たちみたいに才能がなくて、頑張っても、頑張っても、この泥沼から抜け出せやしない。
あぁ、そうだ。場違いな私が、そんな世界を少し見られただけでも、ラッキーだったのかもしれない。
そう考えて、私をここに連れてきた長谷部さんの顔がフッと思い浮かんだが、私をただ惨めな目にあわせただけの人のような気がして、今は思い出したくなかった。

・・・もういい。やめよう。そう思った。

その時だった。

「おぅ、月野。どうした？ 暗い顔して」
何の因果か、たまたま会社からの帰り道、私は長谷部さんと出く
わしてしまった。
「・・・・・・・」

心ではもうやめようと思っていたけど、いざ当の本人を前にする
と、言葉が出てこない。

「・・・どうした？」
「・・・いえ、何でもありません・・・」
「月野・・・」
「・・・はい？」
「そんな下向くな。らしくないぞ」
「・・・・・・・」

・・・「らしくない」。
この言葉はいったいどこから来たのだろうか。この人は私のこと
をいったいどう思って言ったのだろうか。私はそんなに良い人間
じゃない。性格だってひねくれてるし、世の中全部が不公平だと
思っている。神さまも、人も、みんな大っ嫌い。消えてなくなれ
ばいいとまで、思っている。あなたのことだって、大嫌い。

なのに、なのに、なのに・・・。

「らしくない」なんて、言わないでよ・・・。

私のことをそんなふうに思ってくれているなんて、思わせないでよ・・・。

今まで私が出会ってきた人のように、私のことをバカにしたり、けなしてくれたほうが、「そうなんです。私はダメな女なんです」って、こっちもふざけて答えられるんだよ。

そう思っているうちに、気付けば涙がボロボロ流れていたけど、長谷部さんはそのことには触れず、一言だけ言った。

「俺は誰よりも、月野の可能性を信じてるよ。それは今でも何も変わらない」

・・・そう言って、長谷部さんは去っていった。

これまで、お前はバカだ、お前には無理だ、どうせお前なんてと言われ続けて、そのたびにイヤな気持ちにはなっていたけど、同時に心の中で自分でも認めていた。

「どうせ私はダメなんだ」って。

でもこんなふうに、人にまっすぐに向き合われたことなんてなかったから・・・。

「信じてる」なんて、言われたことなかったから・・・。

そんなの、そんなの、そんなの、言われたら、もう逃げることもできないじゃん・・・。

今までみたいに、誰か、「お前はダメだ」って言ってよ・・・。

そっちのほうが、その人のせいにして逃げられるじゃん・・・。

涙はずっと流れていたけど、途中からもう、自分が悲しくて泣いているのか、なんで泣いているのか、わからなくなっていた。

ただ一つだけ言えることは、もうやめようと思っていたはずなのに、まだ良いのか悪いのかはわからないけど、「もう少しだけ、頑張ってみよう」と思えているということだった。

神取忍と段取り八分

「アポを取れるようにしたいんです。どうしたらいいでしょうか？」

家に帰って、いろいろ考えた。

もちろんまた「やめようか」とも考えたけど、きっと今やめてしまったら後悔する。そのことだけは、わかった。何に後悔するかはわからないけど、何かに後悔することだけはわかった。

だから、やってみようと思った。わからないことがあれば素直に聞いて、今できることをやってみようと思った。

もちろん飛び込み営業も、また辛く当たられるのも、嫌だけど、嫌だけど、嫌だけど・・・。今までみたいに一人でグジグジ悩んで、結局うまくいかなくて、誰かのせいにして、泣いたりするぐらいなら、せめて少しでもできることを。そんな気持ちだった。

「お、ようやく聞いてきたやんけ～。ウェールカームつっきーの!!」

ちょっとノリがうざいな。そう思った私だったが、言葉には出さない。

「なんとか契約を取りたいんです」

私のその言葉に、上司はニヤニヤしながら答えた。

「教えてあげないよっ。ジャン!!」

「教えろや（真顔）」

「!?!?!?!?!?!?」
「あっ、すすす、すいませんっ（汗）つい・・・」
「え、え、え、ええんやでっ・・・それぐらいの意気込みや!!」

私たちのやり取りを見て、みんながクスクス笑っている。
ここは「日本一の証券会社」のはずなのに、これじゃ私たちは漫才
コンビか・・・。

「お前、『段取り八分』って言葉は知ってるか？」
「女子プロレスラーの？」
「それは『神取忍』や。おっ、お前なかなかいけるクチやんけ」
「いやっ! もう本当にっ!! そうじゃなくって!! 私真剣なんで
す!! お願いしますっ!! ちゃんと教えてくださいっ!!」
「いや、だから俺はちゃんと教えようとしたがなっ!! お前がボケ
ただけでっ!!『段取り八分』や!『段取り八分』っ!!」
「だからその『段取りなんとか』ってのは、何なんですか!!」

どうして私は「日本一の証券会社」のオフィスで、怒鳴り合いをし
ているのだろうか・・・。

「『どんな物事も準備次第で、結果が八割決まる』ってことや! そ
れは飛び込み営業しかり、大きな商談しかり、その後のフォロー

しかり。仕事に限らず、どんな場面でも準備で八割が決まる。この場合の段取りとは、何や！？ 言うてみぃっ！！」

「・・・資料を準備したり、とかですか？」

「バカたれ。そんなもん当たり前の幸子ちゃんや。同じ飛び込み営業でも、お前は何回も同じ場所に足を運んでんねんやろ？ なら、次第に見えてくることがあるはずや」

「・・・はぁ・・・」

「例えば簡単なことから言うと、何時頃にここの家の人はいらっしゃるのか？ もっと言うなら、お昼過ぎはご飯を食べてて、だいたい何時ぐらいなら時間がありそうだとか、この時間帯は子どもの習い事のお迎えがあるとか、そういったことを事前にある程度頭に入れといて、その時間を避ける。それだけで、家に入れてくれる確率が上がるやろ」

「・・・確かに・・・。そんな簡単なことでいいんですか・・・」

「そんな簡単なことができてへんのは、どこのどいつや？」

「・・・な、何も言えねぇ・・・」

「ってことで、とりあえず行ってこーい！！」

・・・そうして押し出されるように会社を出たものの、とりあえず言われた通りにやってみたら、確かに効果は上がっていき、それぞれの家庭で余裕がありそうな時間帯に訪問するだけで、家にあげてくれて説明を聞いてくれる人も出始めてきた。少なくとも、前のように怒鳴られたり、水をかけられたりといったことは、なくなっていった。

イヤよイヤよも好きのうち

「そら、みんな忙しくて手離されへん時に、来られてもイラっとするやろ（**鼻ホジ〜**）」

「いや、確かにそうなんですけど。でも、いざ家にあげていただいても、その後どれだけ頑張って説明をしても、結局皆さん決まり文句のように、『うちにはお金がない』と言われておしまいなんです」

「（**ニヤリ**）ふ〜ん・・で？」

「証券会社に縁がないですとか、興味ないとか、そんな人に証券会社の商品を無理にお伝えできないかな、と」

上司はやれやれといった顔で私を見ている。

「月野・・いいこと教えたる」

「はい・・」

「『イヤよイヤよも、好きのうち』ってやつや」

「セクハラですか？」

「ブホッ!! ちゃっ！ちゃうわっ!! バカたれっ!! よう聞けっ!!」

「（笑）」

「『うちにはお金がない』ってのは、挨拶や。『こんにちは〜はじめまして〜』と一緒やで」

「はっ????? はぁい??? んなことあるかい!!!」

よくわからない屁理屈に思わず、関西弁で上司に突っ込んでしまう。
「！？！？？！？？！？？」
「あっ、あぁぁっ、す、すいませんっ・・・続けてください・・・」
「まっ、まぁええわ。よう考えてみぃ。そもそもお前、『うちはお金
ありまっせ〜』っていう人に出会ったことあるか？」

確かに・・・。私は自分の高校時代を思い出した。私の通った高
校は、比較的お家柄が良い子が多かった。雨の日はそれが如実に
出る。雨の日に自転車で通学するのは私ぐらいで、ほとんどの自
転車通学の子は、車で親に送ってもらっていた。しかも、そのほ
とんどは高級車だった。

そんななか、たまにお金の話になると、「うちはお金ないんだよね
〜」とどの子も口にしていた。でも親がお金を出してくれなくて、
卒業遠足に行けなくて図書室で自習したのは私ぐらいだったし、
有名私立大学に進んで、親に仕送りしてもらって東京で一人暮ら
しをしている子はたくさんいた。
ということは、結局みんなお金はあったのだ。

「そこに上手に切り込んでいくのが、俺たちの仕事や。要するに、
『イヤよイヤよも好きのうち』ってやつよ」

・・・しかし、気持ちは前に向こうとしたものの、上司の言葉で、
私は前にも増してわからなくなっていた。証券会社というものの
存在。その意味。そもそも「お金」って何なのか。

じゃ、もういったい何のためにやってるのか、誰か教えてよ!!!!!!

「何なのよ、
この日々はいったい!!!」

どれだけ頑張ってもこの苦しい日々に突破口が見えない私は、再び霊峰富士に向かって叫ぶしかなかった。

第3章

ていうか、お金ってなに？

ていうか、お金ってなに？①

上司からの助言で、ますます自分が何をしているのかわからなくなってしまった私は、ただ途方に暮れるばかりだったが、それでも毎日外に出されるのがこの会社の営業の運命。

お金って何なんだろう・・・。毎日毎日それを考えるようになり、お金がいつから私の人生を左右するようになったのか考えるようになった。

思えば幼少期から「格差」的なものを感じて生活していたことを思い出した。
夏休みに海外に行く子、国内でも遠くに旅行に行く子、キャンプなどを体験してそれを絵日記に書く子は、私のなかでは「敵」と化していた。

なぜそうなってしまったんだろう・・・。
そうだ・・・思い出した。

そういうのを目にして、お金がいくらかかるのかを知らずに親に「私も行きたい」と騒ぐと、「うちにはお金はありません」とか「ぜいたくは敵です」と、戦時教育のように言われていたのだ。本当にそう言い聞かされて育ったのだ。

ホシガリマセンカツマデハ。

いや、今考えるとなかなかの教育である。

「あの家はお金があるのよ。うちにはないから、お金の話はしないで」

そんな環境で育った私が証券会社の営業なんてできないのでは？

そもそも私「お金」のこと何にも知らない・・・と気が付いてしまったのだ。

普通の人になる。普通の社会人になるために、この会社に入社して必要だったことは、社会人としての立ち振る舞いでもなんでもない、経済についての基礎知識とかでもない。

私はそもそも「お金」についてまったく知らなかったじゃないか。

家計簿すらつけたことない、今までのお年玉の行方すらわからないじゃないか・・・。私は・・・そもそもお金の知識ゼロだったことに絶望したのだ。

経済を知らないんじゃない、そもそも「お金」を知らない！！！ これは問題だよね？

そんな時だった。

いつものようにバカの一つ覚えのルートで飛び込み営業をしていると、いつか最初の頃に話をしてくれた、「パン作りが上手そうな見た目の主婦Ａさん」に道すがら、声をかけられたのだ。

「あの、月野さん・・今度ちょっとお話できる？」
「はい・・・えっと・・どんなご用件でしょう？」
「ちょっとお金の相談したいのよ」
「はい!? わ、私にですか!?」
「そうだけど、おかしいかしら」

・・・そうだ。自分としては何もお金のことを知らないけど、この人からしたら、私は「お金の専門家」だ。
まずい・・・。私は経済はおろか、「お金」について知らない証券会社の営業だってことに、つい先ほど気がついたばかりなのに・・・。あ、でもこの人お金ないって、前に言ってたし・・・どうしよう・・・どうしよう。
瞬間的にいろんなことを思いまごまごしていると、主婦Aさんが言う。

「月野さんっていつもこの辺り回っていらっしゃるし、この辺りに来る金融機関の人でこんなに真面目に毎日回ってくる人いないから、ちょっと前から気になっていたことを聞きたいのよね」
「あ・・ありがとうございます・・あの・・でも・・・」

言えない・・私が金融機関にいるものの、経済のことはおろか、お金の知識がまったくないだなんて・・。真面目に営業している子って思ってくれているのに・・・。

「新人さんって、もっと普通喜びそうなのに（笑）お話するだけじゃ

ダメかしら？」

「あ、いえ・・違うんです、うれしいです!! ただ・・私でお役に立てるかどうか・・・」

「私も月野さんだから聞けると思ったのよ〜。ほら、あなた新人でしょ？ 私も、お金について全然知らないから」

「え？ そうなんですか？」

「そうなのよ、今さら誰にも聞けなくてね〜。ちょっと聞いてみたいけど、銀行の窓口の人に聞いてもよくわからないし、証券会社なんて、敷居が高すぎて近寄れないわよ。でもお金の運用とかは勉強してみたいし、月野さんになら聞けそうな気がしたのよね」

私はパン作りが上手そうな見た目の主婦 A さんの「お金について全然知らない」という言葉に戸惑いながら、後日訪問するアポイントをいただくこととなった。

ていうか、お金ってなに？②

会社に帰って、まず私はアポが取れたことを上司に報告した。

「ようやったやんけ〜！ やるやんけ、月野!! 拍手っ!!」
パチパチパチパチッ!!
オフィス内に拍手があふれた。一歩引いて考えたら、アポ一件で
拍手が沸き起こる私はいったい何なのだ。初めてのおつかいを無
事成し遂げた子どもか、と思わないでもないが、まぁいい。拍手
されることは、気分がいい。

「で、どや？ 金持ちそうな感じか？」
「いえ・・わかりません。舞い上がってしまって、あんまりちゃん
と覚えてなくて・・・」
「お前な〜。それくらいわかるやろ、なんとなく」
「パンをすごく上手に焼けそうな主婦ということだけはわかります」
「アホやな。家の大きさが〜とか、車が〜とか他にもいろいろある
やろ」

そんなやりとりをしながらアポイントに備えようとするも、主婦
Ａさんの情報がまったくなくて何を用意したらよいのかさっぱり
わからなかった。
株？ 国債？ 投資信託？

どれもピンとこなかった。営業が初めてなので、どのようにヒアリングをすべきなのかもまったく知らないことに気がついたのだ。デスクでわたわたしていると、長谷部さんが来てくれた。

「月野。アポが取れたんだって？ よかったじゃないか、今は準備中か？」
「はい・・でも何を用意していったらよいのか何も聞いてなくて・・」
「ほう・・お客さまに何て言われたんだ？」
「月野さんに話したいことがあると・・。お金のこと知らないと言ってましたし、以前はうちにはお金がないともおっしゃってました」
「それで？ 月野は何を準備しているの？」
「何をすればいいか、全然わからなくて・・・」
「ふむ」
「何を持っていけばよいのわからないんです。でもせっかくお声かけいただいたので、何かＡさんのお役に立ちたいんです」

「そうか・・そうしたら月野、何も持っていかなくていいんじゃないか？」
「え？ 何もいらない？ どういうことですか？」
「月野、営業のコツはな、知らないことを知っているふりをしないことなんだよ」
「え・・・？ どういうことですか？ だって知らないと信用してくれませんよね。向こうは私を、お金の専門家と思っているのに」

「確かにな。でもな、付け焼刃の知識なんてすぐにバレるもんだよ。営業というのは、商品よりも結局人柄。わからないことはわからないで、正直に伝えて、お客さんと一緒に学べばいい。その姿勢が、お客さんに伝わるものなんだよ」

「はぁ・・・」

「お客さまはお金がないと言っていながら、話してみたいとおっしゃってるんだよね？ それって何だと思う？」

「・・・何でしょう・・・？」

「要するに、お前と話したいってことなんだよ。そして意外なことに、それ以上でもそれ以下でもない」

「・・・はぁ。そんなものなんですかね・・・」

「とりあえず自分がわかっていないのに、資料を用意しても意味がないし、そんな状態で商品の魅力も伝えられないだろう。まずは相手が何を求めているか、じっくり話を聞いておいで。そこから先方が求めているものを、一緒に考えていけばいい。営業のコツは、『素直に、正直に』、これが基本だよ」

はじめてのめんだん①

「月野、準備はいいか？ 曖昧なことを答えたらお客さんのために
ならないから、わからないことは答えないで、俺に電話するか、
『調べてまた連絡します』と言うんだぞ!!」
「わかりました！ 行ってきます大佐っ!!」

なせかビシッと敬礼をする私。ここは軍隊か。いや、まぁ、ある
意味軍隊みたいなところだけど・・・。

初めてお客さまのお宅にお邪魔する。
研修で習ったマナーなど頭でシミュレーションしながら、心臓は
信じられないくらい、速く動いていた。
なにしろ接客業は長くやっていたが、アポを取ってお客さまのお
宅に、自分が足を運ぶというのは初めてだった。うまくできるか
心配でならなかったのだ。

目的地に着いて、身なりを整えてインターホンを押すと、主婦A
さんがあたたかく迎え入れてくれた。
リビングに通された時に、心臓がもう一段階速く動いた。株の本
と税金の本のようなものが置いてあったのが目に入ったからだ。

ワタシハタメサレテイル・・・。

変な気負いを持ってしまったものの、一通りの挨拶を済ませたあとに本題に入った。

「今日はありがとう、ちょっとお金のことをね・・お金のことってあまりにも知らなくて誰かに聞きたいと思っていたの。でも銀行では満期になればすぐに次の定期か、最近では保険とか？ 投資信託？ とかを勧められるの。もう、そういうのどうしたらいいのかわからなくて・・・」

「・・・はぁ（私もわかりません・・・）」

「主人に言っても家のことは任せてるからって、私に一任してくるし・・・。それで勉強しようと思って本は買ってみたものの・・・恥ずかしい話、知らないことが多くてね。株もなんとなく聞いたことはあるわ、でも実際どんなものなのかはわかっていないし、騙されるんじゃないか、お金が減るんじゃないかとか、そうなったら老後でも働かないといけないのかと、もうどうしたらいいのかわからなくて」

「・・・」

「でもこの前近所の方に聞いたのよ。月野さんのこと。この辺りに営業に来る証券会社の人は男の人が多くて、なんかちょっとね・・・。そこにちょうど月野さんがいらっしゃったから、声をかけたのよ。私って、いい歳なのに、全然知らないのよ、お金のこと。だから、子どもに質問されているくらいに思っていただけるかしら？」

え?? 子どものように・・それは・・・。

私は、一般的にステータスと呼ばれるものが高い、とされている地区を担当している。つまり、「普通」の感覚がそもそもレベルが高いのではないかと感じてしまったのだ。

ここでコンプレックスの悪い虫が騒ぎ出してしまった。

この人たちはいかにも教養がありそうで、子どものようにと言われても、私レベルではないはずだ・・・。

そんなことを勝手に思い込んでしまい、「ちゃんとしなければ」と緊張が走ったのだ。その瞬間、せっかく長谷部さんに教えてもらっていた「素直に、正直に」という教えを、すっかり忘れてしまった。

「まず何から聞こうかしらね・・・。株とかについて聞きたいけど、その前に自分の親の話では、昔は銀行の定期預金でたくさんお金が増えたってことだったわ。今なんて全然増えないじゃない？ 時代のせいなのかしら？」

のっけから・・すごい質問をしてくる・・・これはやはり、「子どもに話すように」では通用しないだろう・・・そう思った。この人は・・・そうだ！ わからないふりをしているだけに違いない！「能ある鷹は爪を隠す」とはこのことだ！ ワタシハタメサレテイル、ワタシハタメサレテイル、ワタシハタメサレテイル!!

私は、「選ばれし飛び込み営業ウーマン」のレッテルを勝手に自分に貼り、それなりの人に見えるよう、あろうことか気取って話し始めてしまったのだ・・・。

「それは『金利と物価』の問題ですね!!」

「・・・金利ね。そのフレーズでもう頭が痛いわ」

嘘だ・・きっと私を試しているんだ！！
長年の「カワイソウナサヤカチャン病」を発動しての自分の見られ
方を熟知しているため、そう思われまいと、研修で聞いた程度の
知識しかないくせに、しっかり者ちゃんらしく振る舞う私。
これが新しい私の奥義「シッカリモノノサヤカチャン」よっ！！

「Ａさん、ご冗談を。今は確かに金利に大差はないですけど、金融
期間を見比べたりして預け先を決めてますよね？」
「・・・特に考えたことはないわ」
「またまた。まずですね、金利というものの仕組みから説明させて
いただきますと・・・」
「ちょっと待って。やっぱりお金のことは難しいのね。どうしたら
いいのかしら・・・。とりあえずお茶入れてくるわね」

少し怪訝な顔つきでＡさんはキッチンへ消えていった。お茶を持っ
てきてくれたあとも、どこか話が噛み合わないまま、時間だけが
過ぎていく。

「ご資産を増やしたいということであれば、今人気のインデックス
ファンドがお勧めで、どうたらこうたら〜」
「ちょっとよくわからないわ。もうちょっとわかりやすいところか
らお願い」
「ＮＩＳＡがうんぬんかんぬん・・・」

「う～ん・・・他の話してもらってもいい?」

「国債や社債が～・・・」

「・・・・・・・・」

次第に何も話さなくなっていった・・・。

「もう今日はこの辺でいいわ。忙しいなか、来てくれてありがとう」

こうして、こんな不本意な形で、せっかくの、せっかくの、大事な初アポイントが終わってしまった。

お・・・思ってたのと違う・・・。

結局Aさんからは、もうすぐ定期預金が満期になること、預けていても金利が全然なくて、お金が増えないのはどうしてなのか? そして、なぜみんな投資を勧めるのか? 投資をする必要性について、次回教えてほしいということだけを告げられて、終わってしまったのだ。

帰り際、Aさんは笑顔を失っていた・・・・。

月野、撃沈・・・。

ちーーーん

はじめてのめんだん②

肩を落としての帰社後、揚々と上司が近づいてきた。

「ドヤドヤ月野〜!!『はじめてのめんだん』はどやった?」
そんな楽しいノリの上司についていけない状態で、しどろもどろ
に答えた。
「Aさんが・・・難しそうな顔してました」
「は?? ん? 話ではすごく優しそうな方なんやろ?」
「はい・・・。」
「なんや? 何があったか話してみぃ」
私は、今日一日の流れを時系列で詳細に話した。
「お前・・・わかりもしない、できもしないことを偉そうによう
言ったな〜。お前、なんで声かけられたのかわかってないやろ。
自分の魅力殺してるやんか、アホやな〜。アホやな〜。アホやな
〜〜」
・・・そんな言わなくてもいいじゃないか。アホなのは、自分で
も十分わかってるよ・・・。
「そんなんしたら、信用だだ下がりやで。よう次回を約束してくれ
たな。ホンマ普通ないで」
「・・・・・」

何も言い返せなかった。私は何を考えていたんだろう。営業が初

めてだったなんて言っている場合ではなかった。ただ見栄と思い込みで動いていただけだった。

せっかく長谷部さんにも、「素直に、正直に」って、教えてもらったのに・・・。

自分でも驚くほど落ち込んでいるのを感じた。

毎日毎日訳もわからず飛び込み営業していた私に同情して、名刺をもらってくれて救ってくださった、優しいＡさん。そのあとに初めてのアポまで約束してくれた。

それをまったく無視して、自分のことしか考えず、付け焼刃で証券ウーマンを気取ってしまったのだ。

・・・私は、なんということをしてしまったのだ。

Ａさんは正直に、「お金のことはわからない、子どものように話して」と言ってくださっているのに、私は自分が「できない人と思われたくない」の一心で、できもしない「できる人」を装うことをして、Ａさんの気持ちに寄り添うことが一切できていなかった。

最低だ・・・。

帰り道、長谷部さんに出会った。

「どうだった？ アポは？」

「・・・今日最低なことをしてしまいました」

「？？」

私は事情を話した。

「月野、気持ちはわからなくもない、俺も新人の時にこの会社の看板を背負っているから、しっかり営業しようと思ったことがある。

そう思ってしまうのもわかる。でもな、俺が月野をなんのために
スカウトしたのかを思い出してほしい。難しくしないで、そのま
まの月野でいいんだよ」

そう言って長谷部さんは去っていた。

そのままの私・・・。
長谷部さんは前に、元気で明るくて人をよく見ている、人に好か
れるのが特徴と言ってくださった。そのままの私でいい・・それ
でいいのか？
葛藤はあったけど、Ａさんと会えるチャンスはもう次が最後な気
がしていたので、とりあえず言われるままやってみようと思った。

銀行に預けておいても なんでお金が増えないの？問題

まずいろいろと、自分なりに勉強して、整理しておこう。
そう思った私は、研修時の資料を引っ張り出してきて、Aさんの疑問である「もうすぐ定期預金が満期になること。預けていても、金利が全然なくて、お金が増えないのはどうしてなのか」ということについて、調べ始めた。

「金利」というのは、銀行などにお金を預けていると、そのお金にプラスしてお金がもらえる。この金額を計算する元となるパーセンテージを「金利」と呼び、その金額を「利息」(利子)と呼ぶ。

昔の話だが銀行にお金を預けているだけで、条件はあるものの毎年7%ずつの金利でお金が増えていき、複利にしていれば、たったの10年で預けていたお金が2倍近くになる時代があった。そんな夢のような時代は確かに存在した。
すごくざっくりだが100万円預けていたら、それだけで1年経てば約107万円になり、寝ていても10年後には約200万円になるのだ。
それに対して、今はどうだろう。
多少の差はあるものの、大きい銀行の金利は年間0.001％。先ほどの数字と照らし合わせると、100万円預けたとしても、1年後にもらえる金利額はなんと**100万10円！！**

・・・なんてこったい。こりゃ参ったね。10年預けても、100円ぐらいしか増えやしない。なのにＡＴＭでお金を引き出そうとしたら、手数料で100〜200円近く取られるこの世の中。

どうしてこんなことになったのか。

少し調べてみると、銀行の金利というのは銀行が貸し出すお金の金利とも連動しており、預ける時の世の中の金利が高ければ、会社や個人にお金を貸し出す時の返済時の金利も増える。要するに、先ほどのように金利が7％の時代ならば、銀行が会社に1億円貸すと、会社は7％上乗せして返さなければいけない。

大変なように思えるけど、それでもみんな銀行からお金を借りて、お店を作ったり、新しいビルを建てたり、それによって会社も潤い、お金を貸した銀行も潤う、景気の良い時代だったのだ。

でも時代が変わり、長く続く不景気の中で、会社も銀行からお金を借りて新しいチャレンジをしなくなっていった。すると、銀行もお金を借りてもらわないと困るから、借りてもらうために金利を引き下げるようになる。そうすると必然的に、一般市民がお金を預ける時の金利も引き下がってしまう。

これが、銀行にお金を預けていてもお金が増えなくなったということへの、答えだったのだ。

だからＡさんのように、過去の時代を知っていて、今の時代との違いに悩む人が増えたと言える。

預けているだけでお金が増える時代から、預けていてもお金は増

えない時代になってしまった。

ただもうちょっと詳しく調べてみると、預けていてもお金が増えないどころか、むしろ「預けているだけではお金が減る」という、とんでもない時代になってしまっているということがわかってしまった。

これはどういうことかというと、消費税は0％→3％→5％（当時）と増えているし、自動販売機のジュースも100円→110円→120円とドンドン高くなっている。なのにここ最近、不景気のあおりで、ジュースの量は減っていて、パンやお菓子のサイズは小さくなっている。

知らない間に、物の価値が上がっているのだ。お給料は増えていないのに。これがいわゆる「インフレ」というものだ。

ジュースの量やお菓子のサイズは小さくなっているのに、値段だけがドンドン上がっている。これが続くと、銀行にどれだけお金を預けていても、さっきも言ったように100万円を預けていても1年間で10円しか増えない。なのに、消費税や物の値段はその金利を軽く超すぐらい年々上がっていくから、これは結果的に銀行に預けているだけでは、お金は増えないどころか、むしろ「減ってしまっている」のと同じことなのだ。

ここでAさんの2つ目の疑問。「なぜみんな投資を勧めるのか？ 投資をする必要性について、次回教えてほしい」という、その疑問に対する答えが、同時にわかった。

要するに、銀行に預けていても増えないからだ。ならばその資産

を増やしたり、あるいは守るために、購入することで価値が上がったり下がったりする株や、もしくは国や大きな会社が出している国債や社債という債券（国や会社にお金を貸して、銀行の金利よりも高い金利がもらえる。国が潰れたり、その会社が潰れたりすると紙切れになるリスクはあるけれど、比較的安全性は高い）に換えて、投資をしようではないかということなのだ。

しかし株というものは、ニュースなどで暴落した話やバブルが弾けて何億円の借金を背負ったなどと、どこかギャンブル的なイメージを持っている人が多いし、社債なども会社が破綻して紙切れになったというネガティブなニュースばかりが報道される影響で、皆さん、証券会社に投資を勧められても、騙されてお金だけ取られるんじゃないかと、二の足を踏む。

そうなってくるともう誰を信じていいかわからないし、でも感覚的には「お金が徐々に減っていくのに、銀行に預けても増えていない・・。でも証券会社は信用できない。増やすには自分で働いてお金をもらう以外ないのかしら？ もう年なのに」と思えてくる。きっとＡさんもそういうことが不安だったんだ。そう思えた。まずは勉強して、Ａさんの疑問に一つひとつお答えしていこう！！
そうして調べていくと、リスクが低くても比較的安心して資産を増やしていける株もあるし、ほとんどリスクのない債券もたくさんある。そうだ、こういうことをお伝えすればいいんじゃないか。

そう思って、2度目の訪問の時を迎えた。

私は、この時初めて学ぶこと、知ることって楽しい、そう思えた。今までは、イヤで、イヤで仕方なかった勉強やお金の話も、こうして仕組みを知って理解ができれば、やる意義やその理由もよくわかり、怪しいものでもなんでもないということがよくわかる。どんなことでもそうだけど、夜道を歩いていて怖いのは、先が見えなくて不安だから。でもそこが光で照らされて、周囲が見えれば途端に不安は消えていく。知識というものもそれと同じで、この世界から不安をなくしてくれる光のようなものなのだ。知ることによって、未来の選択肢や可能性が広がっていく。

かつて長谷部さんが初めて面談をしてくれた時の、「わからないというのは、ほとんどの場合、何がわからないかもわかっていない。でも、自分の立ち位置や今いるべき場所、いわゆる何がわからないかがわかれば、必然的に進むべき道も見えてくる」という言葉が、思い出された。

私は自身が学んだことで知った、それまでどこかにあったお金に対する、固定観念や偏見というものからの解放感と感動を、そのままAさんにお伝えしようと思った。

2かいめのめんだん

2度目の訪問の時が来た。
「よしっ！ 行ってこい‼」
上司はそう言って、どこから持ってきたのか、鐘のようなものを
カンカン鳴らして、私を送り出した。ワシャ、馬か。

そうしてＡさんの家に到着したら、私はまず、先日のチグハグな
やりとりを素直に謝ろうと思った。Ａさんは変わらず優しい笑顔
で迎え入れてくれた。正直に、カッコつけたこと、金融機関の人っ
ぽく振る舞ったことを私は伝えた。

「そうなのね。思っていたのと違ったな〜と思ったけど。自分の子
どもと同じくらいだから、きっと頑張りすぎちゃったのかなと思っ
てたわ。でも今日正直に話してくれて、やっぱり月野さんに話せ
てよかったと思ってるわ、今日もよろしくね」

Ａさんはそう言って温かいお茶とお菓子を出してくださった。も
う感謝しかなくて、涙が出そうだった。Ａさんのお役に立つこと
を必ず伝える‼ 私は心にそう誓った。

「先日話した銀行の満期は、いったんそのままにしたのよね。月野
さんに言われたように他の銀行もちょっと見たけど、大差なかっ

たわ。金利って昔はもっと高かったわよね？」

「はい、そうですね。昔は金利が7％くらいの時代がありました。そう遠くない時代、Ａさんや私の親の現役時代は高金利でした。100万円預けたら1年間で利息は約7万円ももらえた計算になります。約10年預けているだけで、100万円は約200万円になる時代でした」

「聞いたことあるわ。その時代は投資なんて考えなかったでしょうね〜、今はなんか0.0・・なんとかよね？」

「はい、そうなんです。今は金利0.001％ですね・・何の数字なんでしょうね（笑）、ほとんどないに等しいですね。100万預けたら1年でもらえる利息は10円です（笑）。さらにここから税金が引かれます（笑）」

「え！ 税金!? ここから引かれるの？」

「そうなんです・・預金の税率は一律20％（当時は所得税15％、地方税5％）なので10円の20％、約2円引かれますね（苦笑）」

「衝撃的だわ・・・でも、そうなると、なぜ銀行も投資を勧めてくるのかしら？ 特に投資信託。これにしたほうが有利だから？ 銀行預金よりもお金が増えるからなのかしら？ でも投資って、リスクもあるわよね？ これはどうして??」

そりゃそうだ。そう思うのは自然なことだ。

ただ、この回答は自分の首を締めるかもしれないと一瞬思った・・・。でももうＡさんには正直に言おうと思ったので自分が調べたことをそのまま伝えることにしたのだ。

「お金をどこに預けるのかを考えるのはとても大事なのですが、リスクの大小で考えれば銀行などの金融機関は使いやすいと思います。でも先ほどもお話ししたように、現在の景気ではお金を増やすことは難しいです。おそらく今の銀行が投資を勧めた理由は他にあって、そのことなんじゃないかな・・・と思います」
「何なに？ 教えて！」

いいのだろうか・・でももう正直に言おう。
心臓が謎に速く動いた。いいんだろうか・・長谷部さん‼ これを伝えたら、うちとはお取引してもらえなくなるかも・・・。せっかくの初めてのお客さんになってくれるかもしれない人を、逃すかもしれないのに・・・。
それでもその時長谷部さんの、「素直に、正直に」という言葉が頭に浮かんだ。

「『手数料』です。先ほど申し上げた通り、今銀行も不景気で、会社や個人にお金を貸し付けて利益が取れる時代ではありません。金融商品を販売すれば、その手数料が利益になるんです。特に投資信託は購入時に最初にかかる、購入費用に対する数％の購入手数料の他に、保有している期間中、基本的には信託報酬という名の手数料がずっとかかります。解約の時も解約手数料は0でも信託財産留保額という名の手数料のようなものがかかります。なかでもこの信託報酬は、保有している間ずっとかかるんです。弊社もこれで成り立っています・・（小声）」

手数料商売め!! と、これまでにも何度か飛び込み営業で言われて怒られてきたので、すごく緊張しながら一気に話した。

「へ～!!!!!! そうなの? つまり買うときの手数料以外にもいろいろかかってくるのね。実はね、この前ママ友で集まったときに、投資信託を持っている方の話を聞いたのよ。数人で集まったんだけどね、少しの金額だけど持ってるって人が意外に多くて・・それで興味を持ったんだけど、かなり難しそうだし、増える気がしないわ・・」

負のイメージをものすごく与えてしまったかもしれない・・。

「すみません。でもこれって無視できないことでして、お伝えしないとならないことなんです。でも理解している方は少ないかもしれません。いわゆる相場の状況がよくて、利益が出ていれば、気にならないかもしれません。でも投資信託は、運用状況が悪くなってマイナスになっても、コストはそこからさらに引かれることになるので、知っておいていただきたいと思いました」

こういうのをバカ正直と言うのだろうか。自分で話しながら、もうこの先私は金融商品を販売するなんてできないんじゃないか・・そんな気分になった。難しすぎるよな～。そう感じていた。

「・・・・・・」

やっぱり言わないほうがよかったのかな・・・。沈黙が怖い・・・。
結局また私ダメなのかな・・・。

そう思った時、ついこの沈黙がイヤで、場つなぎのように私は前
から思っていた疑問を口にした。

「ちなみにＡさんは、なぜ今回投資というか、お金の運用について
興味を持たれたのですか？」

「・・・これから先のことを考えた時に、このままではダメなん
じゃないかなと思ったの。そもそも今回のことも、定期預金の満
期をきっかけにお金のことを考えた時、将来子どもたちに迷惑か
けたくないって思ったの。お金を老後のためにきちんと準備しな
きゃって思ったのよね。でもそれがいくらなのかわからなくて・・
私たち夫婦で考えたら、いくら必要なのかしら？ ってことで勉強
しようと思ったのよね。ほら、今『老後は年金だけじゃ足りない』
とか言われるじゃない」
「はい・・・確かにそういったニュースが出るようになったので、
弊社のセカンドライフ投資セミナーにも人が押し寄せているのか
もしれません。日本では、ようやく学校でもお金のことを学ぶ場
が始まったばかりで・・」

話しながら、これが長谷部さんの言っていた、「普通の生活ほど難
しい」ということなのかもしれないと思った。

「うちは子どもが3人いるし、孫もいるし、いろいろ考えてると先行きが不安でね‥。病気なんかも考えておかないと。本当にこのままではダメと思ってね」

「はい‥‥」

そうして私はかつて、長谷部さんに言われた言葉を思い出し、自分なりに解釈して伝えてみた。

「けっして投資しないといけないわけではないですが、まずは将来入ってきそうな資金とか、Ａさんのお金の流れをつかむことが大事なのではないでしょうか？」

「お金の流れ？」

「例えば、日本人はお金の話自体が苦手なので、ご両親の保有財産についても無関心な方が多いです。相続税についても、どんな資産を引き継ぐ可能性があるのかを考えておかなければなりません。それをしておかないと、あとで揉め事になったりすることもありますし‥‥」

「確かに‥それはそうだわ、別物と思ってました。うう〜ん、確か主人の実家に不動産があるけど‥よくわからないわ」

「お金のことを考える時にはまず全体把握は大事です。私も以前、ある人に言われたことがあるのですが、『わからないというのは、ほとんどの場合、何がわからないかもわかっていない』って。『でも、自分の立ち位置や今いるべき場所がわかれば、必然的に進む

べき道も見えてくる』」

「確かに・・実は母が株を持っていたわ。今もあるかわからないけど・・お金を知るって、あらためて家族のことを知ることになるのかもしれないわね・・」

「はい。それがある意味の幸せづくりというか。予期せぬ災難への予防になるかもしれないというか・・・」

「確かにその通りね。わかったわ。将来のため、今回満期のお金を投資に回してみようと思います。

月野さん、お願いね！！ あなたの好きに進めてちょうだい！！」

・・・え？

「・・・と、投資されるんですか・・・。びっくりしました・・・」

「びっくり？（笑）イヤならやめるわよ？」

そう言ってＡさんは意地悪な笑顔を浮かべた。

「い、いやいやいや!! そんなことないですっ!! すみませんっ!! ただ、お預かりしたお金を私の好きにはできません!! 私、捕まります!! 一緒に考えてください!! お願いしますっ!!」

そうしてついに私は次回Ａさんに商品の提案をすることとなった。

帰社後、上司にそのことを報告した。
その時は興奮しすぎていて、あまり覚えていないけど、これからが本番だというようなことを言われた気がする。
しかし、私は肝心の「ご予算」を聞いておらず、上司に詰めが甘いと指導を受けるが、もうそれは私にとってはどうでもよかった。

たとえいくらであっても、自分がやったことが実ったという瞬間が、こんなにうれしいものだとは、この感情はこれまでの人生で経験したことがないものだった。

第4章

山芋シンデレラの物語

はじめてのごせいやく

衝撃のAさんの投資をしたい！！発言から数日後、上司の指導のも
と、いろいろと試行錯誤しながらも、Aさんの資産状況に合わせて
最適だと思われる形で提案をさせていただき、私はこの証券会社に
来て、初めての数百万円単位のご成約をいただくことができた。

「やったぁぁぁぁぁぁぁぁ！！」

長谷部支店長にも報告し、とても喜んでいる顔を見ることができ
て、私はすごくうれしかった。
「支店長、やりました！」
「おめでとう。これからもそうやって一人ひとりのお客さまを大切
に、どうしたいのかを一緒に作っていくんだよ」

そう言われて、ようやくこの仕事のスタートを切れたように思えた。

しかし、同期の中にはすでに何千万円、何億円という大きな成果
を出している人もいた。大きく出遅れてしまったが、自分の中で
はいろいろ学べて知識を得たので、これでよかったと納得して、
翌日からも営業に出ていた。
1件契約してもらったことは、私のなかでかなり大きな自信になっ
ていた。現場に向かう途中の気持ちも最初の頃に比べたら、かな

り違うものになっていた。

意気揚々と飛び込み営業を続けられる。最初の頃にたくさん体験した居留守、門前払いにはあまり落ち込まなくなった。それよりも第二のＡさんに出会いたい!! という気持ちが強かった。

・・・けど・・・。

喜びもつかの間、そこから何件かアポイントをいただくことはできたものの、それがなかなかうまくいかない。Ａさんとお話していた時の自分と何が違うのかがわからなくて、焦りを覚え始めた。

新人っぽさが出過ぎているのがいけないのか？ 証券会社の人っぽくするのは、Ａさんの時に良くない結果になったからもうやめていた。でもうまくいかない。

それなりに知識もついてきたので商品をうまく説明しようとしても、その前に体よく断られたり、次の訪問の約束を取り付けようとしても、断られたり。

なぜうまくいかないのか、同期の数字が日に日に伸びていくのを横目に、ついこの間までとは打って変わって、また私はすっかり自信をなくしていた。

周りの先輩にやり方を聞いても、びっくりするくらい全員営業手法が違っていて、全然参考にならない。コレという王道は営業に

はないのだと痛感した。

多くの先輩に言われた「月野だけの営業スタイルを見つけたらいいよ」という言葉がすごく心に刺さった。

私だけの営業スタイル・・・。
それって、いったい何なんだろう・・・。
どう考えてもまったく見出せないまま、ハムスターが一生懸命走っていても、カラカラ空回りし続けて進まないように、苦難の営業の日々は続いていった。

過去は味方

・・・その流れはその後数週間経っても変わらず、入社して数カ月経っても、営業成績も変わらず最下位で、その後伸びる気配もない。そんなものだから、最初は笑って受け止めてくれていた周りの視線も、次第に「一発屋の給料泥棒」などと陰口を叩かれたりして、冷たくなってくる。

やっぱり私、ダメなのかな。またネガティブな自分が頭を出そうとしてきた、その時だった。

「月野、ちょっといいか」
「はい」

長谷部さんは、私をここに入社する前に面談した部屋に連れていって、話をしてくれた。本来であれば、こんなふうに支店長さんが直々に気にかけてくれるだけで、ありがたいんだよな・・・。

「数字も大切だけど、あんまり数字、数字っていうのはよくないよ」
「どういうことですか？ 会社でも『数字がすべて』って言われるじゃないですか。私たちの給料はそれで出ているって。一回で何千万、何億っていう案件を取ってくる人もいるのに・・・」

「それはもちろん建前として、ね。でも俺たちが扱っているのは、

人さまのお金なんだ。そこにはどれだけの背景やドラマがある？
月野はそのことについて、考えたことあるか？　Ａさんの時には、
数字って考えていたのか？　どんなふうに思っていた？」

「・・・・・・。ただこの人の役に立ちたいって、素直に思ってい
ました・・・」

「そう、その気持ちだよ。たとえ数万円の案件であっても、もしか
したらそのお金は少しでも増やして、お孫さんにプレゼントを買っ
てあげたいという人もいるんだ。なかには学費の足しにという人
もいるだろう。そんな人と数千万円、数億円のお客さまは、確か
に規模は違うかもしれない。でもな、同じお金で大切さや重みは
変わらないんだよ」

「・・・・・・・・・」

「本来俺たち証券マンっていうのは、そのことに思いを馳せられる
ようにならなきゃいけないんだよ。数字ばかりを追いかけて、人
さまを物として見てはいけない。ましてや、お客さまをお金や営
業成績として見るなんてもってのほかだ。そこを考えて、一人ひ
とりのお客さまの笑顔のために、自分に何ができるかと本気で思
えたならば、必ず結果はついてくるさ。Ａさんの時と同じだ。月
野なら大丈夫。お前にしかできないことが、必ずある。俺は信じ
てるから」

「・・・はい・・・」

「信じてる」

私はどうやらこの言葉に弱いらしい。

でもそれは、私に限らず、みんな同じかもしれない。人から信じられることって、やっぱりうれしい。何よりも、信じてくれる人のために素直に頑張ろうと、そう思える。初めて人からここまで信頼されて、愛されて、私はこの時人生で初めて、自分のことを幸せ者だと思えた。

そこから私は考えた。

自分にしかできないことは何か？ 自分だけの営業スタイルとは何か？

私はハッキリ言ってバカだ。みんなに比べたら学歴もないし、頭も良くないのはわかってる。漢字も読めない。計算もできない。そのことでよく笑われる。お金のことも知らない。

でもきっと、だからこそ、だからこそ、できることがあるはずなんだ。

そう考えたその時に、ふと思った。

（あれ・・・でももしかしたら、世の中の大半もそうなんじゃない？）

別に世の中の大半がバカだと言っているわけではない。世の中のほとんどの人たちもみんな、お金のことを知らないのじゃないだろうか？ 現に私が、外回りを続けているなかでも、最も多い断り文句が、Ａさんと同じように、「私、お金のこととか、難しいこと

はわからないから」という言葉だった。

もしかしたら、そこにヒントがあるのかもしれない・・・。

カタカタカタカタ・・・。

「お〜う月野〜！真剣な顔して何をしとるんや〜！」

「はい。ちょっとお金についての基本的なことがわかる資料を作ろうと思って」

「なんや今さら？」

「私がお金のことを知らないのはもちろんなんですが、それはお客さまも一緒なんじゃないかなと、ふと思ったんです。ならそこを一緒に解決することが、その方たちのためにできることなのかもしれないと思って」

「ふ〜ん、ええやん。やってみぃ」

「はい!!」

証券会社の仕事といっても、数千万や数億など、大きな案件ばかりじゃない。長谷部さんの言う通り、たとえ数千円、数万円の相談であっても、金額の大小にかかわらず、それはその人にとって、大切なお金なんだ。

そのお金の重みは、私も小さい頃にお金で困り、大人になってからも時給800円で毎日走り回っていたからこそ、よくわかる。むしろそれは、私だからこそわかることなんだ。今までずっと敵だと思っていたこの過去は、今となっては私にとっての唯一無二の

武器となってくれている。

それ以来、アポが取れると、商品の説明や投資の説明をするのではなく、時間をかけてじっくり話を聞くようにした。そして、わからないことはその場でごまかさずに、きちんとわからないと認め、お客さまと一緒に理解できるまで時間をかけるように努めた。

Aさんの時と同様に、何度でも出向き、何回でも相談して練り直した。他社の商品を保有しているのならば、その会社まで行ってパンフレットをもらってきて、お客さまと一緒に勉強したりもした。

一人ひとりの話をよく聞いてみると、みんな投資は初めてで、でもこのままではいけない気がすると感じているようだった。投資をするもしないも、どういうものか知ったうえで、やる、やらないを決めたいと言っていた。みんな知りたいけど、私と同じように、学ぶ場所がないんだと感じた。

自分が感じたことを頼りに、投資を勧める営業から、お金のお悩み相談へと自然と営業スタイルが変わっていき、話を聞いてくださる方が増えてきた。それに伴い、「月野さんなら任せられるわ」と言ってくださる言葉とともに、少しずつ営業成績が上がり始めていた。

金額自体は試しに数万円など、他の人から見たら微々たる金額に思えるかもしれない。でも私にとってこのお金は、その人の顔が

見えるお金だ。

私を信じてくれて託してくれた、一人ひとりのお客さまの顔を思い浮かべるたびに、私は人を信じること、信じられることの喜びをかみしめていた。

不思議な出来事

「では、朝礼始めます」

毎朝行われる朝礼。イヤで、イヤで、仕方のなかった朝礼。毎日さらし者されているようで、逃げ出したくて仕方なかった、朝礼。でも・・・。

「今週のMVPは・・・月野っ!!」
「わぁっ!(拍手)」

驚きの声とともに小さな歓声と拍手が起こる。頭の悪い私にしかできなかったこと。ともにお客さまと二人三脚で寄り添い、歩くということ。「私は何も知らない、世間知らずだ、何もできない」と、これまで憎んできたそんな過去があったからこそ、私は今その過去を受け入れて、過去に守られて、今、道を切り拓いていくことができている。
今、思う。すべての過去に無駄はない。
それを否定してしまっては、そこで終わりだけど、最初は不器用でも、腹立たしくても、過去を受け入れて、ともに歩むと覚悟を決めた時、実はその過去が一番の自分の味方だったんだと、わかる時が来る。

「外回り行ってきまーす！」
「お〜い！ 月野〜〜！ カバン丸ごと忘れとるぞ〜カバン〜‼ お茶でもしに行くんか〜‼」
「テヘッ☆」
「ハハハハハハッ」

少しずつでも、確かに自分自身の現実が変わってきていることを感じて、私は今日も外回りに飛び出ていった。今日訪問するところは、これまでのお客さんの紹介で、少し話を聞いてあげてほしいと言われていた、おばあさん？ のお家。
しかし・・・。いざ着いてみると・・・。

（う、う〜ん・・・こ、ここかぁ・・・）

着いた先は、申し訳ないのだが、これは本当に家なのかと思うぐらい、外からでも窓や障子が破れているのがわかるほどの、ボロボロの家だった。

（雨漏りとか、しないのかな・・・。ってか、これもはや妖怪屋敷じゃないのか・・・）

ピンポーン♪
おそるおそるインターホンを鳴らしてみると・・・。
「はーい」

ガラガラガラッ。

（・・・あら？）

意外や意外。どんな妖怪が現れるかと思っていたが（←**失礼**）、そ
こに現れたのは、身なりはこぎれいで、見た目もかわいらしい、
まるで日本昔話に出てきそうな、座敷童のような小さなおばあちゃ
んだった。

「あなたが、月野さんね。上がってくださいな」
そう言われて、おそるおそる妖怪屋敷・・・ならぬお家に上がら
せていただくと、こちらも意外や意外、ボロボロなのは外から見
える所だけで、奥に行けば行くほど、きれいで広いお家が姿を現
した。
（この家は、どういう意図があるのかな・・・**笑**。お金持ってると
思われないためかな・・・**笑**）
「忙しいところ、ありがとう。今日はお天気が良いから、縁側でお
話しましょうかね」

そんなふうに話すおばあさんに連れられて、ぽかぽかと陽の当た
る縁側で私たちは座布団を並べて、温かいお茶をすすりながら、
ゆっくりと話を始めた。
「このお家、汚いでしょう」
「そうですね。・・・あっ！」
なにも考えておらず、つい素の自分が出てしまった私は、お客さ
まなのにとんでもないことを口走ってしまった。

「ふふふっ。正直な人だねぇ」

「す、すいません・・・(汗汗)」

「いいのよ、それで。それだからいいのよ」

(それだからいい?)

何を言っているのかよくわからないことだけは、わかる。

「私はね、月野さんのこと、ずっと見てたのよ」

「な、な、何のことでしょう・・・(汗汗)」

いったい私はこの老婆(←失礼)に、どんな姿を、何の目的で見られていたというのか。

「12月初めぐらいかね。あなたこの辺り回り始めたでしょう。いつもいつも、下を向いて、暗い顔をして、歩いていたの、よぉく覚えてるよ」

「・・・(汗汗汗)」

12月初めといえば、もう初期の、初期の、妖怪名刺配り女にすらなる前の、口裂け女の再来時代の頃ではないか。傷をえぐるのはよしこちゃん。

「最初は何してるんだろうな〜って思って見てたけど、次第にあなたの表情が変わっていくのを見るのが、うれしくてねぇ。いったい何があったんだろう、いいことがあったのかなぁって、そんなことを思っていると、私もついついうれしくなってねぇ」

「・・・・・・」

・・・そんなことがあったなんて。どこで誰が見てくれているか、本当に世の中はわからない。私が無意識にしていることでも、こんなふうに人に影響を与えることがあるなんて・・・。

「そうしたら、なんだかあなたと話がしてみたくなってねぇ。あなたが証券会社の人だってことはわかってるけど、お金のことはなんにもわからないし、これぐらいしか持ってないんだけど・・・」

そうして、おばあさんが手渡してきた封筒の中に入っていたのは、1万円札だった。

「孫がいてねぇ・・・。少しでも、将来の足しになればと思うんだけど・・・」

・・・ここで1万円か、と思う気持ちが出てきたことも、ウソではない。私だって人間だから。でも、さっきおばあさんが話してくれた、このお金の背景や私に対して持ってくれている気持ちを思うと、この方の力に少しでもなりたい。素直に、そう思えた。

「ありがとうございます！　一度できることを考えて、またお邪魔させていただきますね」

「いいのかい？　またこんなおばあさんの、話し相手になってくれるかい？」

「もっちろんです！」

そう言って、私は次にまたおばあさんと会う約束をして、おいとました。

私の帰るべき場所

会社への帰り道、近くの交差点で妖怪山芋洗いBに出くわした。
「あら〜！ 大出世月野じゃないの〜！ セレブしてる？ セレブしてる????」
・・・何だろう。この感じがすごく懐かしい。そして、すごくうれしい。
「セレブにはまだなってないですけど、頑張ってます」
「あら！ いいじゃないのっ！ ちょっとあんた！ たまにはご飯食べに来なさいよ！」
・・・そうだ。妖怪たちに会いに行こう！ 笑いに行こう!! 気付けばここに入社して以来半年以上、店に顔も出せていない。そう思った私は、会社に帰る前に、久しぶりに山芋屋にランチに行った。

「いらっしゃいませ〜!!」
店に入ると、私が働いていた時と変わらず、お昼時のラッシュが始まっていた。
「○○さ〜ん！ ○番テーブルオーダー行ってー！」
「はーい！」
お昼時のラッシュを眺める山芋屋の元番人だった私。忙しそうなお店を見てるとついつい、自分もフォローしたくなる。それでも妖怪たちは変わらないコンビネーションで、お店中を走り回り、見事にラッシュの時間帯をさばいている。

（あらためて見てみると、よくこんな忙しいことやってたな・・・笑）
次から次へとお客さんが来て、本当にすごい職場である。
「お待たせしましたー!!」
「ありがとうございます・・・・」

毎日まかないで食べていて、見慣れたはずのとろろ汁もどこか懐かしい。大好きな日替わりランチを食べて、サービスで出してくれた食後のコーヒーを飲みながら、私は物思いにふけっていた。
・・・ふと黒板の「本日のおすすめ」に目が止まった。

あれ・・・自然薯が安い・・なぜだ。自然薯は山芋界の王様で高級品だ。それをこの時期にこの値段・・。
（そうか。今年は自然薯が採れすぎたんだな）
物には「需要と供給」というものがある。簡単に言えば、物がたくさんあって、誰もが手軽に手に入れられるようになれば、その物の価値は下がる。なぜなら余ってしまうため、その在庫を抱えるのが嫌な人が、値段を下げてでも売りにかかるからだ。松茸やアワビだって、あまり採れないからこそ、価値が高い。そこらへんで採れてしまったら、どんな高級な食材でも、タダ同然になってしまうのだ。

そんなことをとっさに考えるようになった自分に、どこか気恥ずかしい思いをしながら、そろそろお会計をしようかと思ったその時、ラッシュをさばき終えた妖怪山芋洗いーズが、私のところにやってきた。

「なぁに月野〜！ なんかもう見た目から変わっちゃって！」

「デキる女みたいになってるわよ！」

「もうオデキよ、オデキ!!」

人をニキビみたいに言うなと思いながら、このやり取りが本当に懐かしくて、うれしくなった。

「まぁとりあえず、あんた!!」

「もし仕事で辛いことや苦しいことがあったら、いつでもここに、ご飯食べに来なさいよ!!」

「あんたの帰る場所はここなんだから！」

・・・なんで、この人たちはいつも怒鳴り口調なんだろう・・・笑。ついつい笑ってしまいそうになるけど、「あんたの帰る場所はここなんだから」、その言葉がすごく胸に残った。

（・・・そっか。私には帰る場所があるんだ・・・）

ずっとないと思っていた場所。高校生で家を飛び出して以来、あてもなく根無し草のようにフラフラ生きて、自分が何者なのかすらもわからず、生きてきた。でも、こんな私にも帰る場所がある。

それはきっと今の会社もそう。外回りをしている時の街もそう。見かけた人が皆さん、声をかけてくれている。

みんなが私を、「私」という存在として、受け止めてくれている。肩書でも、学歴でもなく、一人の存在として、愛してくれている。

そのことがただ、うれしい。

あらためて、今、思える。私は、幸せ者だ。

世界は選択の数だけ存在する

「月野、ただいま戻りました」
「おぅ、おかえり」
「あれ？ 支店長。どうされたんですか？」
「いや、別に特に理由はないんだが、なんとなくな。外回りか。どうだった？」
「聞いてください。なんか不思議な感じのおばあさんがいて・・・」
「ちょっと待った。いい機会だし、久しぶりにゆっくり話そうか」
長谷部さんはそう言うと、いつものように、伝説の「パイの実事件」が起きた最初の面談の部屋に私を連れていった。

「最近なんだか楽しそうだな。順調かい？」
「はいっ！ おかげさまで。少しずつ契約も取れるようになってきて。本当にご指導ありがとうございます」
「いやいや、それは月野が自分の手でつかみ取ったものだよ。で、今日は何があったって？」

そうして私は、今日伺ったおばあさんのこと、そこで初期の外回りの頃から見ていたと言われたこと、でもそれがおばあさんの勇気になったと言われてうれしかったことなど、たくさん話をした。

「そうか。その人はお前にとっての、神さまの使いなのかもしれな

いな」

「神さまの使い？」

「そうだ。けっして怪しい話ではないんだけど、この仕事をしていると、いや、この仕事にかかわらず、かな、一生懸命に真剣に頑張っていると、なぜあの時、あの瞬間、あの人に出会えたんだろうと、そういう出会いが誰にも必ずある」

「・・・はぁ」

「その出会いが、のちの仕事の飛躍につながったりな。そういうことを経験すれば、あぁ本当に、世の中には神さまっているんだなぁ、お天道さまは見てくれているとはよく言ったものだなって、必然的に思うことになる」

お天道さまは見てくれている・・・この言葉には遠い記憶をくすぐるものがあった。

「・・・そうなんですか」

「そんな話を聞いたから、せっかくだから、今のお前にどうしても伝えたいことがある。ちょっと時間いいか？」

「はい、大丈夫です。何でしょう？」

突然口調の変わった長谷部さんに、私はいったい何だろう？ と思って、背筋を伸ばした。

「『世界は選択の数だけ存在する』、ということだ」

「え？」

「月野の今日の話を聞いていて、思ったんだ。実は本当の意味で

『できる営業マン』というのは、能力が高い人でも、極端に頭が良い人でもなく、それは人柄が良い人だということ」
「はぁ・・・」

「もちろん人柄だけじゃない、能力があるに越したことはない。でも、日本には1億3千万人もの人がいる。どれだけ成績をあげようとしても、1億3千万人いる日本国民全員に、直接会うことなんて不可能だろう？」
「ハハッ・・・それはそうですね・・・」

「こんな話を聞いたことがないか？ 自分の友だち6人から、さらに友だちを紹介してもらえば世界中の誰とでもつながるって話」
「あ～なんか聞いたことあります」
「『6次の隔たり』と言われる理論だ」
「ムズカシイ・・・」

「今の月野がやっているみたいに、毎月毎月知らない家に飛び込んで一人ひとり出会えた人に真剣に向き合っていく。その行動が噂となればどうなると思う？ 一般的にだが、人には友だちや知り合いと呼べる人が1人あたり平均44人程度いるらしい。もしその人たちが月野のしたことに感動して、さらに44人に伝えたらどうなる？」

「・・・ケイサンデキマテン・・・」
「じゃ、簡単にして『40×40』は？」

「800！(ドヤッ)」

「1600人だ。どこからその数字が出てきたんだ」

「急だったんで(笑)」

「そして、さらにその1600人それぞれが、40人に話したら？」

「・・・モウムリデス・・・」

「(笑)6万4千人だよ。すごいと思わないか？」

「ナントナク、スゴイトイウノハ、ワカリマス」

「ははは、月野らしいな。まぁつまりだ、元の理論である1人あたりの平均44人の友人を6回たどるとするとな、約72億人になるんだ、これは世界の人口とほぼ同じだ」

「セカイ！?? ソレハ、スゴイ!! ト、オモイマス!!」

「一人ひとりのお客様と今のように真剣にじっくり向き合い、時間がかかったとしても、成果がすぐに出なかったとしても、その一人ひとりのお客様が誰かに思わず伝えたくなるような行動を月野がしていけば1600人、さらには6万人の耳にだって届く可能性がある。それを毎日、毎日、ほんの少しずつでも積み重ねていけば、噂が噂を呼んで、月野が今日出会ったおばあさんのように、自分は知らなかったが見てくれていた人、自分を求めてくれる人が増える。それがやがて、自らの幸せにもつながっていくんだ。結局は、『幸せは人が運んでくる』ということだ」

「・・・・・・・」

「うまくいっている人や、成功する人は、成績をあげるため、なにか特別なことをしていると思われがちだが、そうではない場合が多い。もっと泥臭くて、話で聞いたとしたら地味だと思うことのほうが多いかもしれない。でも、それでいい。『目の前の人たちに今、何ができるのか』を考えて、一人ひとりを、心から大切にすればよいだけなんだ。もうすでに、月野がやっているようにな」
「・・・・・・」

「ただこれを、今日のおばあさんのように、家が汚い、渡されたのは1万円札1枚だけというのに失望して、邪険に扱ったらどうなると思う?」
「どうなるか、まではわかりませんが、良くないということだけはわかります」

「さっきと逆の現象が起こるんだ。悪い噂が広まってしまって、どれだけ能力の高い人でも、あっという間に落とし穴に落ちることがある。しかも悪い噂のほうが良い噂よりも、広がっていくスピードが速いから、たちが悪い」
「はは・・・確かにそうですね」

「ただ、ここで重要なことは・・・」
「?」
そう言うと長谷部さんは、一拍置いて、言葉に力を込めて言った。
「そのどちらも同じ現実だ、ということなんだ」
「どういうことですか?」

「同じおばあさん。同じ古い家。同じ渡された1万円札1枚。ただそれに対してどう受け止めて、どう行動するかというバトンは、こちらに渡されている。それを邪険に扱うか、それとも真心を込めて接するか。大げさかもしれないが、その選択によって、次に進むべき世界が大きく変わっていく」

「・・・はい」

「これが『世界は選択の数だけ存在する』という、言葉の意味なんだ。よく『起きる現実は一つでも、解釈は無限』と言われるが、人はその選択によって、生きながらにして天国に住むこともできるし、地獄に住むこともできる。いろんな世界が同時に存在するパラレルワールドと言えば、ちょっと怪しい話に聞こえるかもしれないけど、結局人生はそういうことの積み重ねで、どの世界で生きるかは常に自分自身の心と選択次第なんだと、俺は思うんだ」

「はい。なんとなくわかります」

「月野が今ここにいる理由も同じだろう。山芋屋さんで働いている時、目の前のお客さんを大切にするという世界に進む選択をし続けた。その一つひとつが積み重なって一人の客であった俺の目を引き、『この人は』と思わせてくれた。それは単なる偶然に思えるかもしれないけど、実は偶然ではなくて、月野の心と行動が引き寄せた必然の結果なんだ」

「・・・そう言っていただけてうれしいです」

「俺も長くここで勤めているけど、大企業であろうが、どこの場所であろうが、結局人生を幸せに生きていくうえで大切なことは、そういった一つひとつの選択の積み重ねなんだと思う。せっかく

ならば、良い世界を選択して進んでいこうじゃないか」
「はい、ありがとうございます」

「自信を持って、まっすぐ行こう」
「はい！」
長谷部さんは、ニッコリ笑って話を終えた。

飛躍の時

「幸せは人が運んでくる」
そして、
「世界は選択の数だけ存在する」
その言葉を思い、自分には今どんな選択ができるだろうと考えた。
結果、翌日から私は、地域の皆さまのお金のお悩みをまとめていく作業を開始した。

すでにお客さまになっている方にも協力してもらい、証券会社と付き合いを始める前のイメージと、口座を開設したあとのイメージの変化など、いろいろなことを聞いて回った。その結果、そもそも証券という言葉が難しいとか、専門用語が多いとかそんな感想が多いことに気がついた。

そこから、私はそういう方に向けて、初歩の証券用語の勉強会などを開くようになった。投資どうこうではない、株ってなぁに？投資信託って？ という、金融業界でよく使われる用語の解説の勉強会だった。

その勉強会の会場を探しているという話をすると、なんと最初に契約してくれたAさんが、「月野さんなら」と自宅のリビングを貸してくださった。その時Aさんが、ご友人を何人も連れてきてくだ

さった。

皆、口々に株主優待が気になるとか、○○さんは毎年株主優待で○○に旅行に行ってるだとか、投資は気になっていたけど、誰に聞いていいのかわからなかったから、こういう会があるとうれしいなどと感想をいただけた。

そのうち、このＡさんの友人を中心として勉強会の話が広まっていった。

親の介護が始まって、施設利用料が高くてお金のことが気がかりであるとか、相続が心配なんだ、というかなり込み入った話も聞くようになったが、どの方も知識がなくて、いきなり銀行などの相続相談会などには行けないと口にしていた。

それならば!! と上司に相談し、近くの公民館や生涯学習センターで、本当に初心者向けのセミナーを定期的に開催するようにした。もちろん会場の予約も、集客も講師も自分でやる。チラシを毎日1,000枚持って、あちこちにポスティングしたり、お店に置いてもらったりした。チラシをまいた周辺に、電話営業も毎日100件近くした。ご要望があれば、そのテーマで開催する日程を決めてチラシをまいた。

開催当日。

「で、なんや? 俺は何を話せばいいんや?」

「法律的なことをお願いします。私そこらへん苦手なんで」

最初は1人か2人しか参加者はいなかったけど、それでも、こうして付き合ってくれる上司がいてくれること。それがまた、私にとってはありがたいことで、幸せだった。なんだかんだ言っても、このよくしゃべる上司にも、私は感謝をしなければいけない。

そうしていくうちに、セミナーを受けた方の中から、こちらが営業をしなくても、向こうから「資産運用をお願いしたい」と言われることが増えてきた。

ある時は、10万円の予算で、株と債券と投資信託を持ちたいと言われたことがあった。

私は上司に相談した。上司は手数料もかかるし、それを差し引いたら投資金額が少なくなるので一つの商品にしたほうがいいとアドバイスをくれた。

確かにそれも一理ある。でも、あえてその時は、お客さまの希望に合うように商品を選んだ。金額がどうこうで区切るのをやめて、手数料などの部分も含めてお客さまが笑顔で「これを買います！」と納得されるまで通い続けた。

結局その後、10万円の投資アドバイスをした方から電話が入った。紹介したい人がいるとのことだった。出向いてみると、3人も子どもがいるとは思えない、かわいらしい主婦の方だった。

「投資をしたいんですけど、何か良いものありますか？」

これは営業あるあるだが、本当によく言われるフレーズだ。ただ、良いものかどうかはその方のお考えによるので、なんとも言えないのである。なので、正直に言った。

「ご期待にそえる言葉かわかりませんが、それぞれの方の生活状況

と、そのお金をどうしたいのかによります」

そう言うと、それまでかわいらしい雰囲気だった女性が、急にしっかりとした口調になって言った。

「聞いていた通りの正直な人ね。とりあえず話しましょうか」

「？」

そんな不思議な感じで始まった訪問で、のちに発覚したのが、この方、あらゆる投資に精通し、とある大企業のすごいポジションの方だったのだ。この方をきっかけにどんどん口コミと紹介が広がり、ついにはその地域にある、企業、工場で、投資セミナーを依頼されるまでになった。そしてそのセミナーに参加したお客さまが、また契約をしてくれる。

こうして気付けば「月野スタイル」と呼ばれるほどの、ずっと求めていた私オリジナルの地域密着の営業方法が確立されていった。

「あの月野がこんなことになるなんてな〜。長谷部支店長が見込んだのはこういうことか」

この営業スタイルを毎日続けていくうちに、次から次へと数珠つなぎに、ご紹介をいただけるようになり、私の営業成績は上位にランクインするようになっていった。

「紹介はいずれストップする」。これは営業界ではよく言われることのようだが、私は途切れることがなかった。

まさしく長谷部さんの言っていた通り、「幸せは人が運んでくる」現象だった。

そして忘れられない、
その日がやってきた。

お天道さまは見てくれている

それはあの座敷童おばあさんと約束していた、なんだかんだで、すでに10回目の訪問の時だった。

「こんにちは～」
「おやおや、いつもありがとうねぇ。じゃあまた縁側で話しましょうか」
そう言っていつもと同じように、縁側に座り、暖かい陽光に包まれながら、私たちは話をしていた。ご家族のこと、これまでのこと、おばあさんの心のうち・・・。
もちろんこれまでにもお願いされていた1万円の投資についてじっくりお話をしたり、私が考えられる最善の形を提案させていただいたこともあったが、それよりも今まで数回の訪問によってゆっくりと、おばあさんのいろんな話を聞いていた。

どれぐらい時間が経ったのだろう。もうすぐ春を迎える暖かい日差しや、柔らかく全身にまとわる風は、どこまでも気持ちよくて、そこにいるだけで時間の感覚を忘れてしまいそうだった。

「長いこと付き合ってくれて、ありがとうねぇ」
「いえ、私にとってもすごく楽しい時間でした。ありがとうございます」
「あなたにだったら、お願いしたいねぇ、これ」

そう言っておばあさんは立ち上がると、居間にあるタンスから、預金通帳数冊を持ってきた。

「これは主人が遺してくれた大切なお金でねぇ。どうしたらいいものかって、ずっと考えていたんだよ。簡単に誰かに預けることもできなくてねぇ。でも孫たちのために、何とかしてあげたいし。だから、これもお願いします」

その通帳に記載されていた金額の合計は・・・・・・
（え？？？？？・・・（0を数える）・・・い、い、い、）

「い、1億円！！！」

（・・・こ、これは、何かの間違いではないだろうか？）

「い、いいんでしょうか・・・？ というか大丈夫ですか？ いや何が大丈夫かわかりませんが!! 私、今、金額を確認しましたけど・・・数え間違いでなければ、1億超えてますけど!!!」

金額が大きすぎてもはや何が起こっているのかのわからないレベルだった。

え？ おばあちゃん嘘でしょう。数を数えられないわけじゃないよね？ え？ ここ2階の障子破れてて、見た目妖怪屋敷よ？？ 私は混乱を極めた。

「いや・・おばあちゃん、これ預かれません。というか、一個人としてお伝えしたいんですけど・・家建て替えましょうよ!!! 正直投資している場合ではないですよ？ 家建て替えたらいいですよ。いい不動産会社紹介しますよ！」

もう、正気の沙汰ではない。

証券会社に渡すより、この家をどうにかしてほしかったのだ。

「この家ね。うん。息子たちにも孫たちにも言われるわ。でもね、この家は主人が私に、プレゼントしてくれた大切な家なの。まだ貧しい時に主人が頑張って、建ててくれてね。それに息子たちがここで育った証でもあるのよ。この家をボロボロだと言う人がいることも、わかってる。わかってるわ。でもね、私には、思い出がいっぱい詰まった大切な家なの。主人がたくさんお金を稼げるようになっても、この家だけは変えなかったわ。それにリフォームしてもね、同じじゃないの。柱を残して建て替える提案ももらったけど、そんなのじゃないのよ。人の思いってね」
「は、はぁ・・・」
「ご覧の通り、私は足が悪いでしょう。お風呂をリフォームしたけど、結局一人では入れない体になってしまったの。リフォームしたお風呂を見ていてね、そのままにしておけばよかった・・ってね。息子たちとワイワイ入った、タイルのお風呂も、あの時のままのほうがよかったな。私はそう思っているのよ」

おばあさんの思いを聞いていて、人にはいろんな気持ちや背景があるんだなと、なんだか安易に家の建て替えを提案してしまった自分が、恥ずかしく思えた。思えば何度も、足を運んで話を伺っている時、出てくるのは亡くなったご主人の話と、2人の息子さんの話だった。
「・・・すみません、大切な家なのに・・・」
「老い先短い人生だけど、結局やっぱり人生最後は、私は、人だと

思うんだねぇ。人に愛されて、人を愛して、人に支えられて、人を支えて。そんななかで、たくさんの思い出を作って、幸せを作って、元気いっぱい、笑顔いっぱい。それがいいのよ。必ずお天道さまは見てくれているから。お天道さまに感謝して、人さまに感謝して、すべてに感謝して。ありがたい、ありがたい・・・」

そうやって、目を瞑って手を合わせるおばあさんの姿は輝いていて、陽の光も相まってか、神々しく見えた。
本当にこの人は、長谷部さんの言った通り、私に大切なことを教えてくれるために現れてくれた、神さまの使いだったのかもしれない。

1億円については万が一の時に、息子さんお孫さんにスムーズに受け渡しができるようにという思いを強く持っていらっしゃったので、上司に相談し、税理士さんも含めて何度も協議、最善のご提案でご契約 !!!!!!

・・・になるはずだった。

「まさかあの家に住んでるおばあさんがな・・今でも信じられんわ。いや、家で決めるわけではないで？ でもな、この業界たまにあるんよな、こういうの」
この日は最終契約書をご記入いただくため上司に同行してもらっていた。契約書はスムーズに作成することができ、あとはご入金

を待つのみとなっていた。

証券会社というのは日本のシステム上、現金の持ち込みは基本的にできない。また、何かしらの金融商品を解約して現金化しても、銀行にしか振り込むことができないようになっている。つまり証券会社にお金が届くためには銀行を介さなければならなかった。

今回は現預金以外もまとめたいというご意向があったため、いくつかすでにお持ちの金融資産も解約して現金化し、契約いただいた資金にする予定だった。その資金はおばあさんが一番疎遠だとおっしゃっていた大手銀行に送金され、そこからおばあさんが証券会社宛に送金する予定だった。

が、世はまさに銀行の預金争奪時代。

ことはスムーズにはいかなかった。簡単にいうと、大手銀行に阻止されたのだ。

私はその銀行の前で、1時間半おばあさんの帰還を待っていた。おばあさんが奥に連れていかれてから、嫌な予感はしていた。結果、常套句「証券会社に預けるなんて!!」(あとは皆さまの想像にお任せします)。これにより、おばあさんは息子さんに、その場で電話せざるを得なくなり、途中で電話を代わった銀行員さんに息子さんが説得されてこの契約をなかったことにされてしまったのだ。

「・・・ありえんな、ホンマ。でもな、気持ちはわかるで・・・。悔しいやろ。でもこれが、証券会社の残念なところでもある。銀

行のほうが一般的な信頼は確実に高いしな。若い方には特に。息子さんが証券会社というのと金額を聞いて、銀行にしろってことになったのも頷ける。でもな、これだけの時間をかけて、信頼を勝ち得たのは間違いない。月野・・・自信を持て。必ずいいことあるから。お天道さまは絶対に見てるから」

上司の言葉はうれしかったが、何より私はおばあさんがしょんぼり出てきて、「本当にごめんなさい・・」と泣き顔でおっしゃったことが、頭から離れなかった。
逆に申し訳ないことをしてしまったと思った。あんな長時間、おばあさんは説得されていたのかと思うと胸が痛かった。
社内でも注目案件だったので、その結果にはみんな驚いていた。
しかしその次に、何より社内をざわつかせていたのは私の行動だったようだ。その後も特に変わらず、私はおばあさんのところに通っていたからだ。

営業はけっして数字だけではない。でも数字は求められる。普通、もうその先に数字が見込めないなら訪問頻度を落とすか、今回のようなことがあったら、ちょっと距離を置いてもおかしくない。
でも私はおばあさんが好きだったし、担当地区の近くだし、普通にただ、世間話をするために通っていた。おばあさんは何度も謝ってきた。でも契約のことは、もうどうでもよかった。そのことが原因で関係性がおかしくなることのほうが、おかしいと思ってたからだ。それこそ目の前の人を、大切にできていない証拠じゃないか。

周りからはけったいなことをしていると思われていたかもしれないけど、「これが私のやり方なんだ」と、その時の私は胸を張って堂々と思えた。

そう思って日々を過ごしていたら、なんとそのおばあさんのお知り合いという方から、「すごく信頼できる人だとおばあさんから聞いた」といって連絡があり、降って湧いたように、5千万円の案件が2本ポンポンと決まったのである。おばあさんにそのことをすぐ報告すると、すごく安堵した表情でやっと笑ってくださるようになった。それを見て、私は本当に安心した。おばあさんの心の傷になりたくなかったのだ。

「ありがたや、ありがたや・・・月野さん・・・。ねぇ、本当にね・・必ずお天道さまは見ているのよね。お天道さまに感謝しなきゃね、人さまに感謝して、すべてに感謝して・・・ね・・・」

その後も私の営業成績は、口コミが口コミを呼ぶ形で止まることなく、「日本一の証券会社」で、入社3年以内の新人3000人中トップ5の営業成績を記録するようになっていった。

山芋シンデレラの物語

「静岡支店 月野さやか殿」
「はいっ！」

大きすぎる会場に、たくさんの人。あふれんばかりの光に、拍手
が鳴り響く。
証券会社に入社した初めての日から、3年。私は、社長賞の表彰
式に来ていた。

「それでは、新入社員の皆さんに向けて、スピーチをお願いします」
見渡すと、そこにはフレッシュな顔をした若い子たちが並んでい
る。この人たちに、私は今、どう見えているんだろう。ふと視線
を遠くにやると、関西弁上司がニヤニヤしている顔と、長谷部支
店長の顔が見えた。

私は、ここに立っていていいんだろうか。
いや、いいんだ。
今なら、胸を張ってそう思える。
私だから、伝えられることがある。

「皆さん、入社おめでとうございます。私は実はここに入社する前
までは、毎日すぐそこの山芋屋さんで、手に山芋を握って痒みと

戦いながら、店員同士で、どちらがどれだけ早く芋を洗えるかを
競い合っていた、ただのフリーター女でした」
突然何を言い出すんだ、この人は？　という表情で、新入社員さん
たちが顔を見合わせる。

「高校で家を飛び出て、お金もない、帰る場所もない、人脈もな
い、学歴もない。ないものばかりがある人生。夢とか聞かれると、
吐き気がするくらいの人間でした。でも、その定食屋によく来る、
丸メガネのおじさんに誘われるままにここに入り、そこからたっ
た2年で人生が激変しました」
長谷部さんが、笑いをこらえるように下を向いている。

「入社してからも、ずっとずっと、うまくいかない人生でしたし、
周りと比べて私はできることもありませんでした。頭が良いわけ
でもなく、特殊なスキルがあるわけでもないんです。漢字も読め
ない。計算もできない。ただ、私のよかったところは、できなかっ
たからこそ、多くの方々に支えていただけたことだと思います」
たくさんの思い出がよみがえる。妖怪山芋洗いのこと、店長、ラ
スカル、長谷部さん、関西弁上司、初めて声をかけてくれて契約
もしてくれた主婦Aさん、街の人々、あのおばあさん・・・。

「これから皆さんの人生において、自分の人生が嫌になる時もある
かもしれません。なんで自分ばかりうまくいかないの？　って思う
こともあるかもしれません。でも、そんな時にこそ、目の前の人
を大切にしてください。それをすることができたなら、必ず誰か

が手を差し伸べてくれますから。今、目の前の人を、大切にする心を忘れなければ、その方があなたにとっての、人生を変える神さまの使いとなるかもしれませんから」

本当に、ありがとう・・・。

「『世界は選択の数だけ存在する』。最後に皆さんに、私の人生を変えてくれた恩人が言ってくれた言葉をお伝えして、結びとさせていただきます。一つひとつの行動や、何気ない一つひとつの言葉、その選択を大切にしてください。その選択の積み重ねによって、私たちは理想の人生を歩むこともできますし、思い通りの未来を、自分の手で作り上げていくこともできます。皆さんのこれからの活躍を、心よりお祈りしています」

一礼をして去る私の背中に、拍手が鳴り響く。
こんな日が来るなんて。
私、今、幸せです。

風の時代に
自分を輝かせる

まさかのシングルマザーから
独立起業へ

思えばジェットコースターに乗っているような人生だった。

そして私は今も、ジェットコースターに乗っている（笑）

山芋洗いから大手証券会社のトップ5に入るまでの成績をあげた
私は、その後念願のスペックの高い男子との結婚を果たし、憧れ
だった寿退社へ。住みなれた静岡を離れ、転勤属の夫について西
へ、西へ・・・。

たどり着いた先で、息子を授かり、まさに順風満帆！！

「ザ！ 山芋シンデレラ 完！！」

・・・と、なるはずだった。が、まさかの離婚。まさかのシング
ルマザーとなり、遠く離れた広島の地で再び証券業界に舞い戻る
のである・・・笑。

ブランク5年・・・。5年も経つと、私の知っていた世界は変わっ
ていた。まず、投資に対する世間一般のハンパじゃない風当たり、
規制の厳しさは増す一方。営業マンに対する監視の目は、もう人

権なんてあってないようなものだった。

子どもがまだ小さかったので働く時間が限られたが、静岡で培ってきた私なりのやり方で、成績はありがたいことにわりとよかった。

でも・・・。

何かが違った。いつからか、何かがチグハグになっていた。おそらく情報は営業マンに聞いて、あとはネットで・・みたいな、心が通いづらくなった環境があったのかもしれない。

ネットのほうが圧倒的に手数料が安い。なかなかお客様に時間が割けない自分の生活事情もあり、なんとも言えないジレンマの中にいた。

そして、シングルマザーになってわかったシングル世帯の扱われ方、社会的地位の低さなどのさまざまな問題。その頃の私は、なぜ自分はシングルマザーになったのか、自分の人生とはいったい何なのかを考える時間が増えていた。

その疑問に対して、いろいろな人の話を聞いて、本を読みあさった。そんななかで私はある考え方に出会い、衝撃を受けた。

「人には生まれ持った人生の地図がある」

それは、天体の動きを読み解く占星術だった。

どういうこと？ そんなことあるの？ そんな疑問から始まった。

そんなものがあるなら、もっととっくに世界に広まっていいはず
だ‼ とすら思った。そして学んでいるうちにわかってきたのは、
太古の昔から叡智として大切にされてきた星を読む技術が、近年
日本では「星占い」に代表されるようにエンタメにくくられている
こと、当たる当たらないの世界になったこと、いろんないわれよ
うがあった。占星術の世界はなかなか評価されにくいのだ。

それでも、星を読み解いてみると、そこに自分の歩んできた人生
の地図が示されていて、証券会社に入ったこと、シングルになっ
たこと、すべてが納得できたのである！

もともと静岡の証券会社時代から人生相談をされることが多かっ
たが、先輩シングルママさんやシングルになりそうなママさんに
アドバイスする機会も増えていた。それで、自分なりに勉強して
きたことをもとに、相談に来た方の人生の地図を読み解いて解決
策をお伝えすると、とても喜ばれた。「いろんなことがすごくうま
くいくようになった‼」と言われることも、少なからずあった。

不登校のお子さんが1カ月後には学校に行くようになった、と話
すママさんの幸せそうな顔に、私も幸せな気持ちになった。
40歳で婚約破棄され、もう生きる価値が見当たらないと言ってい

た方が、自分の生まれてきた意味をさとったら新しいパートナー
ができてめでたく結婚、ということもあった（ちなみにこの方は、事
業も右肩上がりになってメディアデビューも果たした）。

目の前の方がどんどん素敵に輝いていくにつれて、私自身もまた、
このことにやりがいを感じていった。相談者が次々知り合いの方
を紹介してくださることにも励まされて、自分のこれからの役目
はこれだと、そう強く確信した。

とはいえ・・・

シングル世帯の私が大手企業をわざわざやめて、占星術やカウン
セリングという世間的にはあまり認知されていない世界で起業す
るなんてと、長い時間悩んだ。安定を捨てる覚悟を決めるのに、
１年以上かかったかもしれない。小さな子どもを一人で育てる責
任は、能天気な私にも重くのしかかっていた。

それでも、心の中ではもう決まっていた。

覚悟を決めて退職し、2020年、占星術をベースとした「生まれて
きた理由を知るセッション」を軸に起業した。コロナ禍にもかかわ
らず、流れに乗るように好きなことを仕事にして、私は自分の新
たな人生の地図を手に歩き出した。

風の時代

私が起業した2020年は、コロナ大流行の始まりの年であるとともに、「風の時代」の始まりの年でもあった。

今、地球は「地の時代」から「風の時代」へ切り替わる約220年ぶりの大転換を迎えているという。占星術の世界でいわれていることだけど、一般にも知られるようになっている。実際にツイッターなどでこのワードがトレンド入りしたり、芸能ニュースや書店でも、スピリチュアル以外のジャンルで使われている。そういうのを目にして、本当に時代は変わってきているんだなと実感している。

今まで私たちは、お金や地位や名誉が力を持つ時代に生きてきた。目に見えて、数字で表しやすくて、リアリティがあるもの、つまり万人にわかりやすいものが力を持っていた。これは「風の時代」になる前の、「地の時代」に代表されるものだ。

「地の時代」とは、わかりやすくいえば積み上げ式。積み上げた高さが高いほうが、生きていきやすかった。だから学力が高い人や、お金持ちが実質的な力を持った。かつては「三種の神器」や「いつかはクラウン」、少し前の時代でも「ヒルズ族」「勝ち組」「セレブ」といった言葉が流行し、みんなそれに憧れた。

これから先の「風の時代」と呼ばれる新しい時代は、そんなお金や

地位や名誉といったものが評価されなくなる。大切にされるのは
「自由」とか「平等」とか「共存」といったこと。
目に見えないものだから、どうしてもわかりづらいかもしれない
けれど、国とか会社組織とかが示したものに向かって、みんなが
「よし!!」と、そこを目指していくのではなく、自分の中にある感
覚や精神性を優先するようになる。

言い換えれば、それぞれが「個を生きる時代」。そうなってくると、
今までまわりに合わせたり、人の意見に左右されていた人たちは、
戸惑うかもしれない。特に日本人は「個」を出すのが苦手だと思う。
それをやってこなかったし、まわりに合わせるのが、良くも悪く
も、とても上手だ。

でもこれからは、自分の能力や魅力を知り、それを生かして、お
互いを支え合う生き方に変わっていくだろう。
皆が同じことをできなくていい。自分の得意をどんどん伸ばして、
苦手なことはそれを得意としている人と協力したらいい。苦手を
克服して頑張っても、それを得意としている人にはかなわないか
らだ。要するに、一人で頑張らないことが大事。

そして、目に見えるものだけに縛られる世界から、脱出してほし
いと思う。
これはスピリチュアルになれ!!と言っているわけではなく、自分
が何で満たされるのか、何に幸せを感じるのかということを知っ
てほしいということ。

「フォロワー何千人!! 年収何千万!!」というような、わかりやすい大きな数字に憧れる人もいるだろうけど、数十人の本当に気の合う仲間と、好きなことやって、ガシガシ馬車馬のように働かなくても、「自分が満たされる生活ができてるから、それでOK!」という人も増えてくるだろう。

多くの人に誇れるものを持っているよりも、「私の幸せはこれ」という自分で自分が満たされる方法を知っているほうが幸せだといえる時代。
それは答えが一つではないということにもつながる。本当に人それぞれでいい。

「風の時代＝個の時代」といわれるのは、つまりこれからは、社会がどういうふうに変わろうとも、私が私として「本来の自分を生きる」ことができるかどうかがテーマになってくる、ということだ。

この指とまれ！

では、そんな風の時代を生きていくうえで、自らを輝かせる（＝本来の自分を生きる）ためにはどうしたらいいだろうか？

その一つの方法は、自分自身の旗を掲げて「この指とまれ」式に自分なりのコミュニティを作っていくことだと私は思っている。

起業直後の私は、お米が買えないくらいの窮地に追い込まれたこともあった。（また窮地・・・**笑**）

それでも「目の前の方に真心を込めて、幸せになる流れを読み解いて伝える」。これを全力でやった。

特に頻繁にブログを更新するでもなく、集客にお金をかけるでもなかったけれど、そうこうするうちに、無名にもかかわらず人づてに予約がだんだん増えていった。そして、決めていた料金よりも多く支払ってくださる方や、会社の同僚に宣伝したから！！と、たくさん予約を取ってくださる方が現れるようになった。

結果、極貧からスタートしながら、自分でも信じられないことに1年後には年商8桁になっていた。

そうしてセッションや講座の回数を重ねるにつれて、知らず知らずのうちに「月野さやかコミュニティ」のようなものが生まれ、その中で、それぞれの人が自分の人生を輝かせるために、お互いに学び合い、成長する場ができていった。

これからの時代は、そういうふうに、テレビや新聞には出ていなくても、世間一般には名前が知られていなくても、それぞれの掲げる生き方や思想という「旗」のもとに「この指とまれ」で、その生き方や思想に賛同する人々が集まってゆるやかなコミュニティが形成されていき、そこに小さな経済圏が生まれていくだろう。

現に今、大手の会社や事務所に所属していない個人のYouTuberやSNSでのインフルエンサーが登場して、テレビや新聞で目にすることはなくても、その界隈では有名で何億も稼ぐ人たちが続々と現れている。

ただそんな時代にあっても大切なことは、「目の前の人に真心を込めて接する」、これに尽きると私は思っている。

たとえ世間の常識や価値観と違っても、自分自身が「こうなりたい！」という思いを持って、「私はこんな人間なんだ！」という旗を掲げ、「こういうことをやりたい」と声をあげる。そうしてその掲げた旗に集まってくれた人々に、真心を込めて、その人たちが幸せになるためにどうしたらいいかを考えて向き合っていく。

そうすればお天道さまは必ず見てくれていて、「幸せは人が運んできてくれる」

あの時の学びは今も私の中で生きている。

アフターコロナのお金について

今まで私はお金に携わる仕事をある程度してきた中で、その価値や付き合い方をそれなりに学んできた。そのうえで感じるのは、これからは「お金のとらえ方が変わる」ということ。

「お金」は、自分の人生を豊かに彩る、一つの交換手段としての道具ととらえたほうがよいと思う。それがお金というものが生まれた本来の目的だ。

「お金はあくまでも、道具であり、一つの手段である」ということがわかると、お金に振り回されなくてすむので心が軽くなる。

皆さんのまわりにもいないだろうか? お金にとらわれないで、楽しく過ごしている人。
そういう人は、お金と上手に付き合っているし、執着がないので、逆にお金に好かれるようになっていく。証券会社で働いていて、肌感覚で感じていたけど、お金にはそういった不思議な法則のようなものがある。
投資もお金を投じるといった意味があるが、増えてほしい!!と思いすぎているとうまくいかなかったりするけど、逆に「ここの会社が好きで・・」とか、単に「株主優待に引かれて・・」といった方の投資のほうが儲かったりしていることを、個人的にはよく見か

けてきた。

お金も人生のエネルギーの一つなので、幸せな関係を続けるためにはお金に執着しないことなど、自分とお金の関係性を知っておくのは大切なこと。

何よりこれからは、ここまで書いてきたように、今までのような「お金ありき」「お金を持っている人が偉い」「お金を持っている人が成功者」という時代ではなくなってくる。

コロナの大流行によって、リモートワークなど働き方が変わったり、時間の使い方が変わったという人は多いと思う。そのおかげで、自分にとっての心地よさを優先して、仕事や生活そのものを見直すことになったという人もいる。
家賃が高くて人が多い都会から、自然豊かな地方へのUターン、Iターンを選ぶという地方回帰も進んでいったりしている。

きっかけは何であれ、豊かさは「いかにお金を持っているか」ではなく「いかに自分が心地よくいられるか」に変わりつつある時代なのだ。

そうしたなかで、自分の持っているモノや自分のできるコトと、相手が提供してくれるモノやコトとを交換する、というように、本人同士が気持ちよく納得し合ったうえでの、お金以外の交換手段が発達していくことが予想される。

今始まっている「風の時代」を楽しく豊かに過ごすためには、そういうふうにお金以外の手段で何かを得ることができることも知っておくといい。

「自分にしかできないこと、自分だからできること」というものを、社会に、人に、その価値を提供していく。

これもまさに、「目の前の人に真心を込めて接する」「目の前の人が幸せになる」ことだ。

人と人とのつながりを大切にして、その中で「自分を満たす豊かさ」を追求していくとき、おのずとお金とのよい関係ができていくことと思う。

おわりに

この物語はけっして美しい、キラキラした女子の成功物語ではない。泥くさくて、はいつくばって、それでも「絶対いつか幸せになってやる！」と、人生をあきらめることなく歩んできた、一人の女の物語。

特別な能力なんか何もなかった。お金もなかった。友だちもほとんどいなかった。恵まれた家庭環境もなかった。あったのはただ、根性と、根拠なく動ける行動力と、自分の人生を絶対にあきらめないという勇気だけ。

この本を開いてくれたあなたが、もし今人生に、仕事に、お金に悩んでいたら（・・かつての私のような２大問題〈家庭環境・お金〉に悩む方はとくに多いと思う）、これは例外的にうまくいった話だと思うかもしれない。

私はあなたと違うのよ。そんなにうまくいくはずない。

そう感じたのなら、あなたは次の山芋シンデレラになれる。

だってかつての私も、ずっとそんなふうに周りを見ていたから。

今どんな過酷な環境にある方も、それでも自分の運命をまずは素直に受け止めて、そして根拠なんかなくても「いつかは幸せになるんだ!!」と自分を信じて、目の前に現れる方を心から大切にしてみてほしい。すると本当に、運命が大きく動いていくから。

「お天道さまは必ず見ているよ」

この本のなかで何度も出てきたこの言葉、実はこれ、幼い頃から母によく言われていた言葉だ。
数は多くないけれど、母との大切な記憶。

数十年たって、その言葉に人生を変えてもらい、その言葉が現実になり、私にとってかけがえのない言葉になるとは思いもしなかった。

これから皆さんの人生において、何もかもが嫌になる時があるかもしれない。なんで自分ばかりうまくいかないの? って思うこともあるかもしれない。
人生が嫌になった時には、「こんなはずじゃないんだ!!」って素直に感じられることも、実は大切なこと。

でも、そんな時にこそ、「目の前の人に真心を込めて、接すること」を忘れないでいてほしい。そして、誰かに頼ること、信じることを素直にしてみてほしい。信じると決めたら、とことんやり続ける、やってみる。

「素直さ」って本当に生きていくうえで、とても大事なこと。私は
バカだし、何も知らなかったから、逆に素直でいることができた。
変に知恵が回らなくてよかったと、今となっては思う。素直に目
の前の人を心から大切にして、その人の意見を迷いながらでも受
け入れて、失敗もして・・・。でも、受け入れたからには信じて
突き進んだから、私は人生を変えることができた。

特別なことはしなくたっていい。誰かみたいにならなくていい。

あなたはあなたで、「私はこういう人間なんだ」とあなただけの人
生の旗を掲げ、そしてその中で、人生の極意である「目の前の人
に真心を込めて、接すること」、これを実践して生きていくことが
できたなら、あなたの住む世界は変わっていくから。

お天道さまは、そんなあなたを見てくれているから。

そうしてあなたはこれからの時代に輝いて、大きく羽ばたいてい
くことができるから。

この本に関わってくださった、すべての皆さま、
とくに、地湧社の植松明子さんをはじめ、プロデューサーの
荒川祐二さん、イラストをつないでくださった中上麗華さん
とイラストレーターのたけねこさん、デザイナーの岡本健さ
ん、萩原印刷の萩原司朗さん、弊社塚原倫子ディレクター、
中川裕紀マネージャー、ほんとうにありがとうございました。
また、今日まで私と出会ってくださった、すべての皆さま、
この本を開いてくださった、すべての皆さまへ、
感謝を込めて。

そして、
いつか自分の子どもが人生の岐路に立った時に、
「この本を開いてほしい」と、願いを込めて。

2021年 夏至 月野さやか

月野さやか ［つきの さやか］

1982年静岡県生まれ。高校生の時に家を飛び出し、某歌手のバックダンサー、ご当地アイドルなどを経験するも挫折を繰り返す。悶々とフリーター生活を送るなか、24歳の時にアルバイト先の飲食店で野村證券静岡支店にスカウトされて入社。お金の知識ゼロの状態から次第に独自の営業スタイルを築いていき、入社3年で新人社員3000人中5位の成績を残す。その後シングルマザーとなり、再び人生を模索するなかで占星術に出会い、自分が生まれてきた意味に気づく。2020年、起業してTsukino Gift Productionを設立。「人生は自分で創る」をモットーに、人それぞれが生まれ持ったギフト（才能・天からの贈り物）を星から読み解き、その才能を目覚めさせるプロデューサーとしての活動に専念している。起業初年度に年商約2000万円の実績を残す。

山芋シンデレラ

風の時代に自分を輝かせる極意

2021年8月5日　初版発行

著者 ──────── 月野さやか　© Sayaka Tsukino, 2021

発行者 ──────── 植松明子

発行所 ──────── 株式会社 地湧社
東京都台東区谷中 7-5-16-11（〒110-0001）
電話 03-5842-1262　FAX 03-5842-1263
URL http://www.jiyusha.co.jp/

編集協力 ──────── 荒川祐二

装幀・本文デザイン ──────── 岡本 健+

イラスト ──────── たけねこ

印刷 ──────── 萩原印刷株式会社

万一乱丁または落丁の場合は、お手数ですが小社までお送りください。
送料小社負担にて、お取り替えいたします。
ISBN978-4-88503-259-2　C0095

半ケツとゴミ拾い
荒川祐二著　四六判並製

夢も希望も自信もない20歳の著者が「自分を変えたい」一心で、毎朝6時から新宿駅東口の掃除を始めた。あるホームレスとの出会いから人生が変わりだし、やがて生きる価値を手に入れる、笑いと涙の成長物語。

....

神風ニート特攻隊
荒川祐二著　四六判並製

20歳のニート、田中隼人が迷い込んだその先は、太平洋戦争まっただ中の知覧特攻隊基地。特攻隊員たちが命をかけて伝えたかったもの、本当に守りたかったものとは…？　そして衝撃と感動のクライマックスへ。

....

びんぼう神様さま
高草洋子画・文　四六判変型上製

松吉の家にびんぼう神が住みつき、家はみるみる貧しくなっていく。ところが松吉は嘆くどころか、神棚を作りびんぼう神を拝みはじめた──。現代に欠けている大切な問いとその答えが詰まった物語。

....

シベリアのバイオリン　コムソモリスク第二収容所の奇跡
窪田由佳子著　四六判上製

極寒のシベリアの収容所でこっそり廃材を集めてバイオリンを手作りした父の実話をもとにした胸ふるえる物語。過酷な生活の中で楽団と劇団が生まれ、捕虜たちに希望が芽生えていく。そして訪れた奇跡とは？

....

なまけ者のさとり方〈増補改訂新版〉
タデウス・ゴラス 著　山川紘矢・亜希子 訳　四六判並製

本当の自分を知るために、何をしたらよいのか。宇宙や愛や人生の出来事の意味はいったい何か。難行苦行の道ではなく、自分にもっとやさしく素直になることでさとりを実現する方法を具体的に語るロングセラー。

....

アルケミスト　夢を旅した少年
パウロ・コエーリョ著　山川紘矢・亜希子訳　四六判上製

スペインの羊飼いの少年が、夢で観た宝物を探してエジプトへ渡り、砂漠で錬金術師の弟子となる。宝探しの旅はいつしか自己探求の旅に変わって…。ブラジル生まれのスピリチュアルノベルの名作。